나는 죽는 것보다 살찌는 게 더 무서웠다

나는 죽는 것보다 살찌는 게 더 무서웠다

글·그림 라미

Long Wrong Days
나를 사랑하기 힘들었던 식이장애 그 8년의 기록, 롱롱데이즈

마음의숲

내 삶을 버티게 해준
은돌이에게.

프롤로그

우리, 아름다울 필요 없다

먹방이 넘쳐나는 이 시대에 아이러니하게도 '먹토'와 '개말라'라는 유행어가 생겼다. 젊은층을 중심으로 프로아나*가 빠르게 퍼지고 있다. 잘 토하는 법이 꿀팁으로 공유되기까지 한다. 미디어는 '잘 먹어야 하지만 말라야 한다고' 여성들에게 끊임없이 강요하고 있다.

식이장애는 외모에 관심이 많아지는 10대에 발병하는 경우가 많고 최근에는 그 연령이 점점 낮아지고 있다. 최근 10년간 K-POP 아이돌의 인기가 상승하면서 10대의 신체 이미지 왜곡이 높아졌는데, 이는 연예인 숭배와 식이장애가 밀접하게 연관돼 있기 때문이다. 식이장애가 여아와 청소년들의 뇌 성장에 끼칠 영향을 생각하면 두려움과 죄책감이 앞선다. 우리는 다음 세대를 위해서 무언가를 해야만 한다.

우리나라 젊은 여성 4명 중 1명이 식이장애가 있다고 추정된다. 나는 20대의 대부분을 폭식증을 앓으며 보냈지만, 내 주변에 나와 같은 증상을 가진 사람은 본 적이 없다. 폭식증에 대해 연재를 시작하면서, 댓글을 통해 나처럼 식이장애나 외모강박으로 고통받는 사람들이 많다는 것을 알게 됐다. 이를 좀 더 일찍 알았더라면 나는 용기를 내어 더 빨리 치료를 받았을지 모른다.

식이장애는 잘 드러나지 않는 질병이다. 나는 지난 8년 동안, 부모님과 함께 사는 집에서 몰래 폭식하고 구토하는 것을 반복했지만 단 한 번도 들키지 않았다. 오히려 이것을 다이어트의 연장선이며 의지의 문제라고 착각하며 살았다.

나는 이 책을 통해 식이장애가 의지의 문제가 아닌 전문가의 치료가 필요한 질병이라는 것을 사람들에게 알리고 싶었다. 사회적 인식이 바뀐다면 치료가 필요한 사람들에게 병원의 문턱이 더 낮아질 것이다.

외모 중심주의 사회에서 여성은 대상화되고 타자화된다. 획일화된 미의 기준 앞에서 자유로운 사람은 극히 드물 것이다. 전 세계 여성의 4%만이 자신을 아름답다고 생각한다는 통계가 이를 뒷받침한다. 사회가 외모 강박을 조장하며 여성의 주체적 사고를 가로막고 있다. 여성들은 일상에서 끊임없이 외모를 지적받고 있으며, 그 과정에서 자신을 검열하고 있다.

나는 모든 사람이 외모에 관한 언급을 하지 않기를 바란다. 외모에 대한 칭찬만으로도 식이장애를 유발할 수 있기 때문에 칭찬 또한 그 자체로 유해하다. 외모에 대한 담론은 '모든 몸이 아름답다'에서 '아름다울 필요가 없다'로 흐르기 시작했다. 아름다울 필요가 없다는 사실을 받아들이고부터 나는 좀 더 자유로워졌다. 몸에 대한 고백이기도 한 이 책이 부디 식이장애를 겪는 사람들에게 작은 용기와 위로를 전할 수 있기를 바란다.

*프로아나(pro-ana)는 '향하여'(찬성·옹호라는 뜻으로 더 많이 쓰임)를 의미하는 'pros(pro)'와 거식증을 의미하는 'anorexia(ana)'가 합성된 신조어로 마른 몸매를 갖기 위해 거식증에 걸리고 싶어 하는 사람들을 뜻한다.

차례

3장

죽는 것보다 더 무서운 것이 생기다

4장

예쁘지 않을 권리를 말하다

5장

나를 사랑하는 방법

삶은 자기 자신을 찾는 여정이 아니라 자기 자신을 만드는 과정이다.

조지 버나드 쇼

1장

그냥 예뻐지고 싶었다

# #
처음엔 그냥 예뻐지고 싶었다

처음엔 그냥 예뻐지고 싶었다.

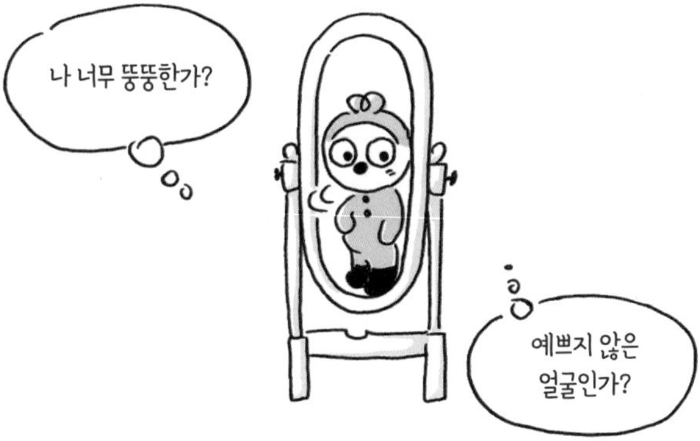

나 너무 뚱뚱한가?
예쁘지 않은 얼굴인가?

스무 살, 성인이 되고
처음으로 좋아했던 사람이
내 친구와 사귀게 되자
나는 전보다 더 자주 거울을 보게 됐다.

친구는 나보다 훨씬 예쁘고 날씬했다.
나는 부끄럽지만 이런 생각을 떠올릴 수밖에 없었다.
내가 만약… 날씬하고 예뻤더라면
결과가 달라지지 않았을까?
나는 지금 어떻게 보일까?

점점 남들 앞에서 자신이 없어졌다.
밤마다 학교 운동장에서 5천 번씩 줄넘기를 하며
식단조절을 하기 시작했다.

안 가?
과제 좀
하다 갈게~

조금씩 살이 빠졌다.
그 무렵 나는 더 열심히 학업에 매달렸다.
무너진 자존감을 회복하기 위해
공부라도 잘하고 싶었다.
장학금도 타고 친구들과도 잘 지냈다.
그런 내 모습이 좋았다.

그러던 어느 날 술자리에서
이성을 잃고 폭식을 했다.
항상 마지막까지
남아 있던 나는 처음으로
술자리를 먼저 빠져나왔다.

너무 배부르고
답답해….
다시 살찌면
어떡하지….

다이어트에 실패했다는 생각이 들자
갑자기 두려움이 커지기 시작했다.

그동안 얼마나 힘들게 참았는데
내가 얼마나 노력했는데
예뻐지기 위해 맛있는 음식도 참고 운동도 열심히 했다.
공부도 누구보다 열심히 했고 친구도 많았다.
나는 아무것도 잃은 게 없었다.

그런데
왜 이렇게 허전하고 불안한 걸까…?

아직 부족해….
더 노력해야 돼.

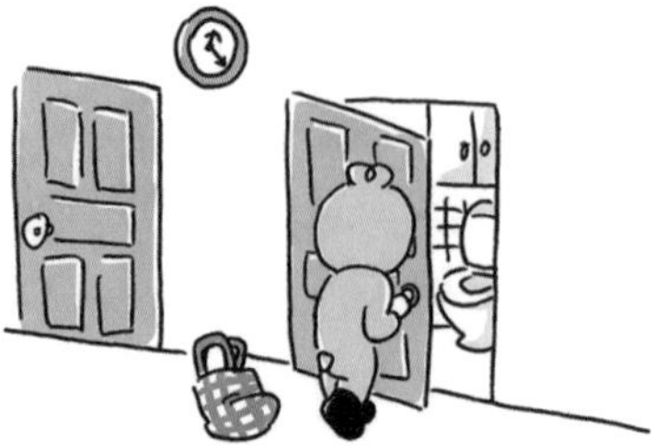

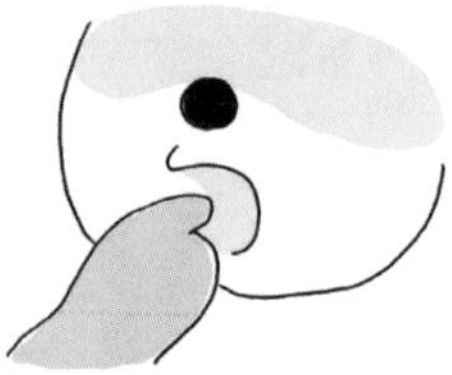

나는 처음으로 손가락을 목구멍 깊숙이 밀어 넣었다.

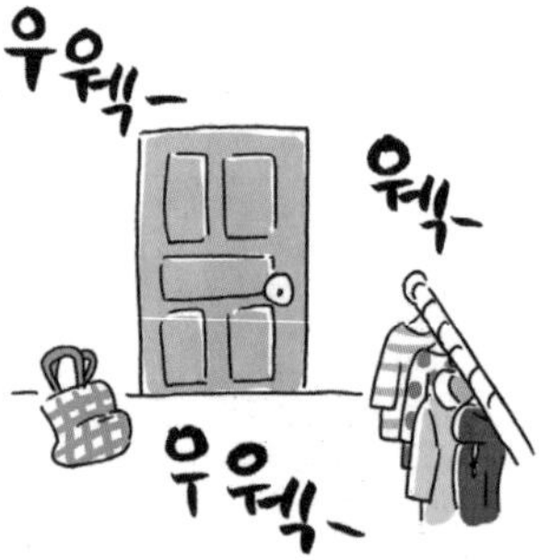
우웩_
웩_
우웩_

너무나 쉽게 먹은 것들이 쏟아져 나왔다.

시원하다.

토하고 나니까
편하잖아?
살도 안 찔 것
같고….

그때 느낀 쾌감은
엄청나게 강렬한 것이었다.
내 모든 고민과 감정이
몸 밖으로 한꺼번에
쏟아져 나온 느낌이었다.

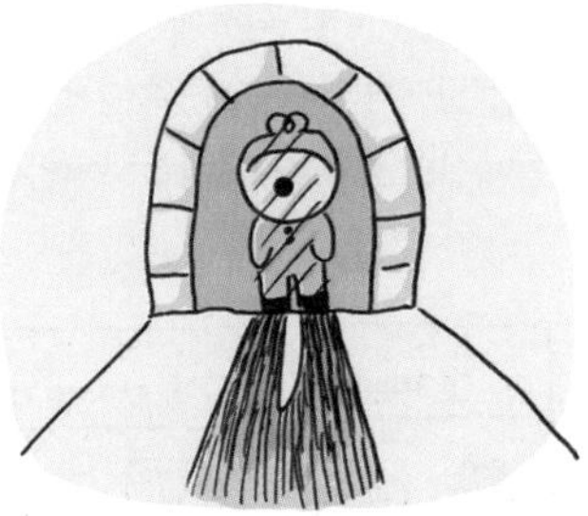

그땐 몰랐다.
내가 아무도 없는 길고 긴 터널의 입구에 발을 들여놓았다는 것을.
그렇게 내 8년간의 식이장애가 시작됐다.

#

토하기 위해 먹는 날들

다이어트를 시작한 뒤로
음식에 대한 생각이 한시도 머릿속에서 떠나지 않았다.
세상의 모든 음식은 둘로 나뉘었다.

먹어선 안 되는 음식을 먹기라도 하면
죄책감에 시달리곤 했다.

머핀
딱 하나만
먹자.

세상에
머핀이 얼마나 살찌는데
하필 이걸 먹다니….
오늘은
완전 망쳤어.

버거왕
SALE

어떡하지….

냠
냠

한번 망했다는 생각이 들기 시작하면
걷잡을 수 없이 식탐이 터졌다.

그때마다 나는 이성을 잃은 채로
온갖 음식을 잔뜩 사오곤 했다.

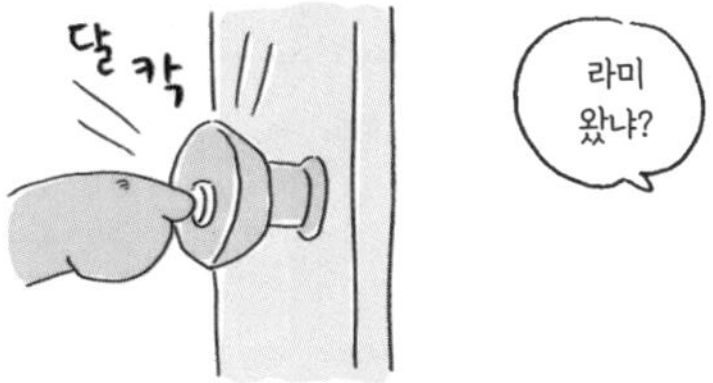
달 칵
라미
왔냐?

어차피 망친 거
먹고 싶은 거 다 먹자.

음식을 먹는 데에는 규칙이 있는데
일단 살이 안 찔 것 같은 저칼로리 음식을 먼저 먹는다.
(처음 먹은 것은 조금이라도 흡수될 가능성이 있기 때문.)
그런 다음 부드럽고 단것을 먹고
무겁고 단단한 것은 제일 마지막에 먹는다.

물과 음료수는 중간중간 많이 섭취한다.
그래야 음식이 역류하기 쉽기 때문이다.
무거운 걸 먼저 밀어내기 힘들어서 쿠션을 깔아두는 것.

'소화되기 전에 빨리 먹어야 되는데…'
즐거워서 먹는 게 아니라 토하기 위해 먹는다.

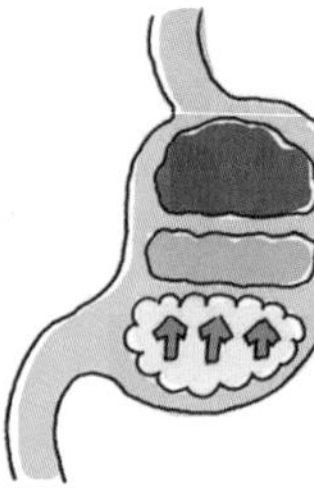

쓰레기.
쓰레기를 만드는 쓰레기.

이번이 마지막이야.

정말 마지막이야.

#

외모에 대한 강박

나는 먹는 것을 정말 사랑하는 아이였다.

떡볶이 · 순대
밥 먹고
또 떡볶이
먹냐?!

초등학교 때 비만 직전에 이르자
강제로 수영장에 보내졌다.
가끔 배영을 하다 보면
나를 지켜보는 엄마가 보였다.

헉

일 년 동안 먹는 것이 줄진 않았지만
다행히 키가 커서 뚱뚱에서 통통이 됐다.

돼지~

나한테
한 말인가?
ㅋㅋㅋ
피해의식

살은 빠졌지만
여전히 뚱뚱한 기분이 들었다.

외모로는
안 되겠으니
공부를 하자.
좋아하는 남자애.
내 인생은 내가 개척해야 해.

나는 자라면서 쌓아온 경험들로
몇 가지 결론을 도출해냈다.
남자들은 예쁜 여자한테만 상냥하다.

살찐 사람은
아무도 좋아하지 않는다.

곰탱 어디 가~
팬더 또 밤샜냐?

너는 다리도
두꺼우면서…
성인 이후 처음 치마 입음.

살을 빼기 전까지는
남자와 사귈 수 없다.

두꺼우면서
두꺼운 주제에
너 따위가 치마를…?

역시 아직
치마는 안 돼!
두꺼운데도
섹시하다고~!
부아앙
어이!
잘못된
고백의 예

살 뺀 다음에
고백하자.
철벽 of 철벽

남들은 괜찮아도 나 자신은 살을 빼기 전까지는
누구와도 사귈 수 없을 거라 생각했다.
이 생각은 서른이 될 때까지 내 머릿속에 깊이 자리 잡았다.
좋아하는 사람과 연애한다는 것이
이렇게 어려운 일이었다니….

어?
재네 사귀는
거야?
나는 재가
너 좋아하는 줄
알았는데…?

에이…
그냥 좀
친했던 거지.

내일 봐~
잘 가~

괜찮아.
살을 빼면 돼.
그럼 다 잘 될 거야.

#

나로부터 도망치기

본의 아니게
학업에 열중하며 대학생활이 끝났다.
마지막 1년은 졸업작품과 다이어트에 모든 것을 걸었다.
내 마음대로 할 수 있는 건 그것뿐이었으니까.

다이어트에 (잠시) 성공하고

공모전에서 상도 받았지만 나는 행복하지 않았다.

시상식
찰칵
찰칵

남들 눈은
그만 의식하고
싶다.

나는 지쳐 있었다.

아무도 나를
모르는 곳으로 가고 싶다.

다른 나라에 가서

새로운 내가 되는 거야.

Bonjour!

거기서는 당당하게 행동해야지.
비키니도 마음대로 입고.

누구도 내 외모에 대해서
평가하지 않을 거야.
그럼 폭식증은 나을지도 몰라.
그래, 여행이 답이야!

공모전에서 받은 상금으로
유럽행 비행기를 끊었다.

<그동안 우리나라에서 들은 말들>

살 좀 빼야겠다.
얼굴이 크구나.
옷이 그게 뭐니.
쌍꺼풀 수술해.

못가!
비행기 이미 예약했는데 환불 안 돼….
거짓말

이렇게 하지 않으면 여행을 허락해주지 않으니까.
근데 막상 가려니까 무섭다.

여행을 가면 진정한 나를 찾게 될 거야.
수많은 주인공들이 자아찾기 여행에서 성공하잖아.

4시간째 한국 사람
기다리는 중.

하지만 영국에 도착해서
자아찾기는커녕
공항에서 나가는 길도 못 찾았다.

어둑
어둑
TELEPHONE
MAP
같은 곳만
벌써
세 번째

여행 내내 나는 길을 잃었고
첫 일주일은 살을 빼야겠다는 '의지'로
'굶다시피' 하고 다녔다.

매일매일
마트 구경
안 먹어도
행복하다.

뿌
듯
봐봐,
내가
해냈어!

하지만
'의지'로 '굶다시피'
참아서는 안 됐다.

나는 나를 너무 과신했다.
한낱 나약한 인간일 뿐인데
혼자서 할 수 없는 일을
스스로에게 강요하고 있었다.

결국 폭식증이 다시 찾아왔다.
여행으로 조금도 성숙해지지 않았고
자아를 찾지도 못했다.

나는…
나로부터 도망친 거구나.

나 자신에게서 도망치기란
처음부터 불가능한 일이었어.
내가 만난 건 초라한 나 자신뿐이었다.

# #
죽는 것보다 살찌는 게 더 무서워

살을 빼기 위해
3박 4일 '단식 템플스테이'를 신청했다.
단식을 하면서 명상을 하는 프로그램이었는데
하루가 지나니 온몸이 붓고 간지러웠다.

명현현상으로
독이 올라와서 그런 것이라고 했다.
굶다 보면 정신이 맑아지고
배고픔도 안 느껴진다고 했지만
나는 쌩으로 굶는 느낌이 고통스럽기만 했다.

배는 나왔지만
갈비뼈는 살짝
보인다.

그래도 이번엔 진짜 성공한 것 같았다.

하지만 보식 기간에 실패하면서
폭식증이 더 심해졌다.

너무
슴슴하네.
와앙
죽 위에 오징어젓갈
올려 먹음.

큰일났다.
토하고 싶어….

나는 몇 가지 규칙에 집착했는데
이것을 지키지 않으면 극도의 불안감에 시달렸다.

칼로리가 높은 음식 금지

밀가루 들어간 음식 금지

하루 1200칼로리 이하

저녁 7시 이후 금식

역시 먹으면
안 됐는데….
안절
부절

하지만 오래 못가 실패했고
결국 또다시 구토를 하고 말았다.

우웩-
우웩-

보통은 배부르게 먹고 토했는데
이제 규칙에 어긋나는 일을
하나라도 저지르면 토하게 됐다.

두려움
초콜릿
한 조각

어떻게 뺀 살인데…
다시 돌아갈 수 없어.

절대로 돌아가선 안 돼.

얼굴은 회색빛이 돌고
뾰루지가 잔뜩 났으며
침샘이 부어올랐다.
손등에는 앞니가 닿는 자리에
상처가 아물 날이 없었다.

점점 토하기가 어려워져 음식을 씹고 뱉었다.
그러다 이성을 잃으면 다시
엄청난 양의 음식을 쏟아부었다.

어느 날은 위에서 극심한 통증이 느껴졌다.
병원에 가니 위궤양 직전이라고 했다.

엄…
엄마아…!

꺼억-
꺽
(트림 소리)
보이시죠? 상처가 있네요.

하지만 나는 그 얘기를 듣고
다행이라는 생각이 들었다.

아직은 몸이 잘 버텨주고 있다.
휘적
휘적

매일 습관적으로 먹고 토해

며칠 전 티비에 나 같은 사람이 나왔다.

저게 무슨
미친 짓이냐.
넌 다이어트
절대로 하지 마.

그 여자는 심장마비로 사망했다.

나는 여전히 토하는 것을 멈출 수 없었다.

죽는 것보다
살찌는 것이 더 무서웠으니까.

#
처음 들켰던 날

요요가 왔다.

하루에 2-3시간 운동을 하는데도 살이 빠지지 않는다.

일이 들어온 지도 6개월이 지났다.

이게 다 살 때문이다.

요즘 너무
무기력하다.
걸을
힘도 없어….

성공의 비밀!
《THE KEY》
부아앙_

저런 상술에
넘어가는
사람이 있을까?
open
저거 간절히
바라면 다
이루어진다는 거
아냐.

언니!
집들이
축하해.
어, 왔어?
지금 음식 거의
다 됐어~

큰일났다.
헉

많이 먹어~
너 좋아하는 거
많이
만들었어.
으응…

와구
와구

나는 선을 넘기 시작했다.
남의 집에서는 절대 그러지 않았는데
스스로 금기를 깬 것이다.

잠깐
화장실 좀.
그래~
룰루~

잘 안 나오네
더 해야
되는데….
쏴아아

벌컥
왜 이렇게
오래 걸…

…너 지금 뭐 하는 짓이야.
너, 너무
배가
불러서….

토할 거면 먹질 말든가!

쾅!

나는 그날
몰래 울고 또 울었다.

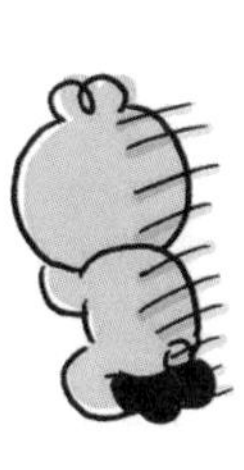

언니
미안해….

사실은 들키기를
기대했는지도 모른다.
이제 혼자서는 너무 힘들어서.
들키면 걱정해줄지도 모른다고.

라미야
몸이 안 좋아?
너 요새
스트레스 받니?
걱정~
꺅!
<상상>

으이그~

언니… 사실은…
사실은 나…
지금 많이 아파.
나 좀 도와줘.

여기서 벗어날 수 있다면 제발….

하느님 부처님 살 안 빠져도 좋으니까
다시 예전처럼 행복하게 먹게 해주세요.

아니면…
내일 아침 눈을 뜨지 않게 해주세요.

구원은 없다

오늘 아침도 평소대로 눈을 떴다.

핥
핥
헉

오랜만에 서점에 가서
《The Key》란 책을 봤다.

자기계발
베스트
셀러
이게 그렇게
유명한가.

* 가제입니다.

나는 순식간에 자본주의의 상술에 현혹됐다.

모임에 나가니 사연 많은 사람들이 모여 있었다.

이혼, 큰 병, 사기, 죽음….
상대적으로 내 문제는 가벼워 보였고
나는 내 얘기를 할 수 있는 것에
많은 위로를 받았다.

무조건 감사합니다.
오늘 하루도 무사해서
감사합니다.
<비전보드>
<45kg>
<만화연재>
<유학>
음…

매일 감사일기를 쓰고
비전보드를 만들기 시작했다.

이것은 '끌어당김의 법칙'이기 때문에
내가 원하는 바를 명확히 정하고
이미 이룬 것처럼 행동해야 한다.
그러면 우주가 자석처럼 당신을 끌어당겨
당신이 원하는 것을 받게 해준다고 한다.

10,000
10,000

인간 송신탑

몸무게 줄여야 하는데
아,아니지! 난 아무리 먹어도 날씬해.
부정어 금지

오로지 긍정적인 생각만!

선생님들은 상냥하고 유능해 보였다.

아직 심상화가 부족해서 그래요.
머릿속에 병을 극복한 당신의 모습을 완벽히 그려내는 연습을 하세요!
완전히 믿을 수 있어야 해요.

그것은 완전히 나의 책임이었다.

카페에는 성공한 후기들이 줄줄이 올라왔고

난 '믿음'이 부족한 나 자신을 원망했다.

젠장, 더 열심히 해야겠어.
왜 나만...

드디어…!
끝났나봐
은돌아!

아무튼 노력 탓인지 나는 두 달 정도 구토를 멈출 수 있었다.
수업이 끝나고도 몇 몇 사람들과는 계속 만남을 이어나갔다.
그런데 점점 이상한 말들이 들려오기 시작했다.

A 선생님 유부남인데 C랑 사귄데요.
나도 들었는데….

B 언니한테는 글쎄 A 선생님이 자기 차 뽑는다고 천만 원 넘게 보태 달라 그랬데.
그때는 좋아서 해줬는데 나중에 이건 좀 아니다 싶었나 봐.

설마…

소문을 감당하기 힘들었다.

다들
그거
알아요?
선생님들이
OO사이비 단체
회원이래요!

거기는…
여제자들
성추행하고
회비로
도박했다는 곳인데.

믿었는데…
인성이 바르지 않은 사람의 말은 신뢰할 수 없다.
믿을 수 없어졌다.
그 사람들도 나의 변화도.
이제 무엇을 믿어야 하는가.
무엇이 나를 구원해줄 수 있을까.

나는 다시 그 책을 알기 전으로 돌아갔다.

# #
답이 필요해

어떡하지…
이제 목구멍에 손가락은 물론
칫솔을 쑤셔 넣어도
구토가 나오지 않는다.

오늘 정말 엄청나게 먹었는데…

난 몰라… 말도 안 돼…

어떻게든 해야 해.

어떻게든.

저걸 마시면 토할 수 있을 거야.

전부.

없었던 듯이.

라미야.

라미야.

라미야.

안 돼.

이건 아니야.

다행히 완전히 이성을 잃지는 않았다.

나는 매일 식이장애 카페에 들어가 글을 읽었다.
이상하게도 자세히 알게 되면 그대로 따라 하게 됐다.

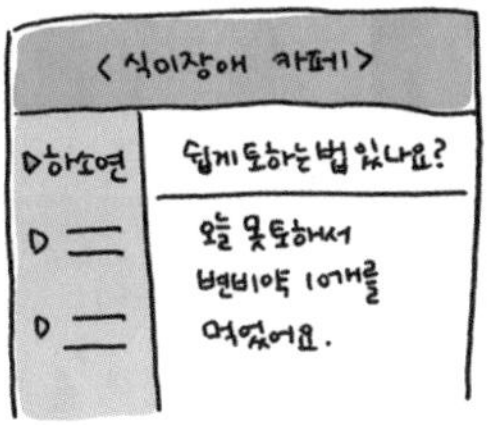

< 식이장애 카페 >
▷하소연
쉽게 토하는 법 있나요?
오늘 못 토해서
변비약 10개를
먹었어요.

약
변비약

이 시기의 나는 온갖 자기계발서와 심리학책을 읽어댔다.
정신과 상담을 받고 싶었지만
돈도 없고 진료 기록이 남을까 봐 두려웠다.
'답'이 필요했다.
지금의 나를 한번에 바꿔줄 명확한 답이.
나는 그런 것이 분명히 있으리라 믿었다.

*참고로 의료정보는 본인 동의 없이는 공개 불가능하다.
일부 민간보험 가입이 제한될 수 있다.

★ 이제 우리 함께 나서자 ★

식이장애 환자의 80% 이상이 여성이다.
대부분 병을 인식하지 못하거나 감추기 때문에
드러나지 않은 환자 수가 훨씬 많으며
젊은 여성 4명 중 1명이 식이장애가 있다고 추정된다.

식이장애가 유독 여성,
그것도 젊은 여성에게 많은 이유는 무엇일까.
초기 성인기 여성 상당수가 '외모가 능력'이라는
사회의 압력을 느끼고 있고
실제로도 외모로 인해 부당한 대우를 받고 있다.

일례로 채용 시 직무와 상관없이
키나 체중 등의 신체적 조건을 제시하거나 요구하는 것이
금지되어 있지만 여성 지원자의 외모 평가가
남성에 비해 6배나 높고 처벌받은 사례는 단 한 건도 없다.

남성 권력이
여성 외모를 활용했고
몸이 도구화된 사회.

고강섭 (한국청년정책연구원 책임연구원)

결국 여성은 사회가 규정한 날씬함이라는
미의 기준에 맞추기 위해 식이장애를 앓는다고 볼 수 있다.
이런 사회 분위기 속에서 신체 기준을 사회에 맞추지 않고
스스로의 기준에 놓고 만족할 수 있을까.

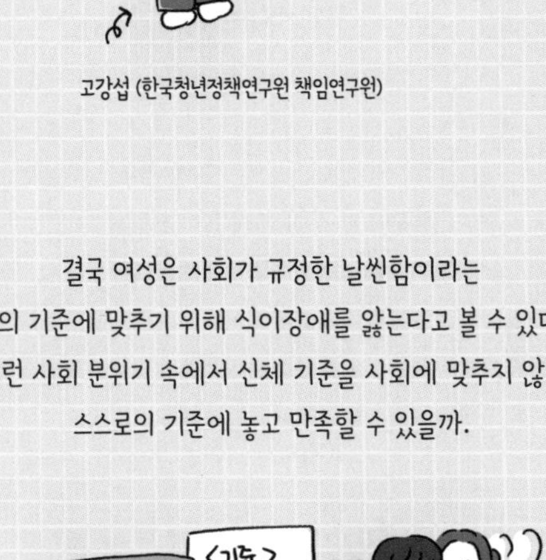
외모 = 능력
<기준>

최근 식이장애에 걸리는 연령이
10세 이하로 점점 낮아져
사회적인 대책 마련이 시급하다.

돼지야~
꿀꿀~
거식증의 경우
7살 정도에
시작되기도 한다.

영국과 미국의 경우 식이장애 치료비가
의료비 중 가장 높게 꼽히는 만큼
많은 예산을 식이장애에 할당한다.

일반적으로 식이장애는 지속기간이 평균 6년에 이르지만
조기 치료하면 100% 완치가 가능하다.

80%
20%
증상 5년 이내에 치료
15년 이상 방치

〈회복율〉

하지만 환자 본인뿐만 아니라 많은 사람이
식이장애를 개인의 의지 문제로 인식하고 있기 때문에
치료 시기가 늦어지는 경우가 많다.
식이장애가 질병임을 인식하고
전문적인 치료를 받을 수 있도록 국가가 나서야 한다.

식이장애가 장기간 지속되면
뇌의 보상회로와 스트레스 체계가 붕괴하기 때문에
회복이 힘들어진다.

〈합병증〉

우리는 다른 사람과 같아지기 위해 삶의 ¾을 빼앗기고 있다.

쇼펜하우어

2장

나를 사랑해야 한다는 강박

# #
나를 사랑해야 한다는 강박

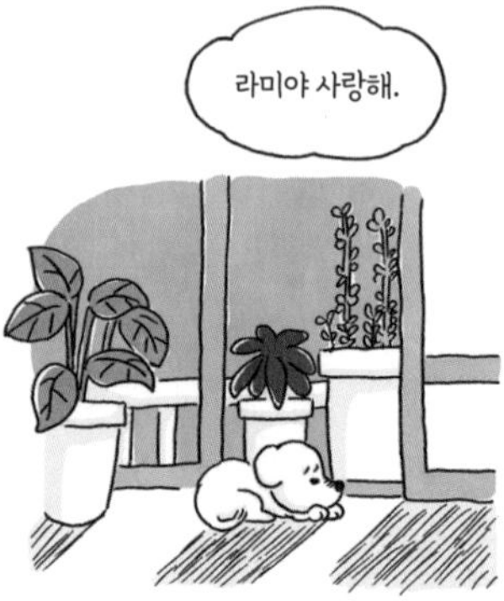
라미야 사랑해.

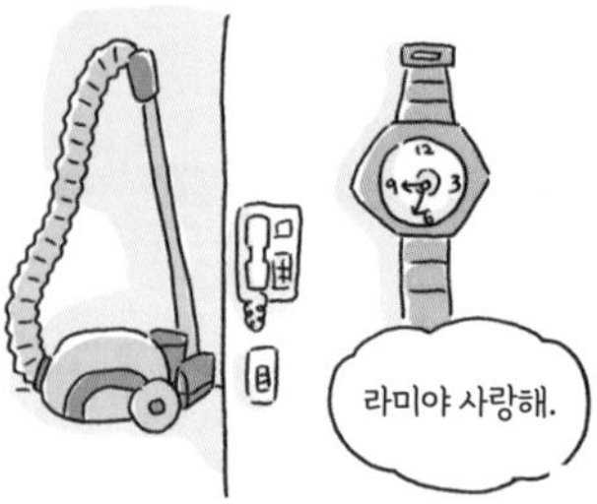
라미야 사랑해.

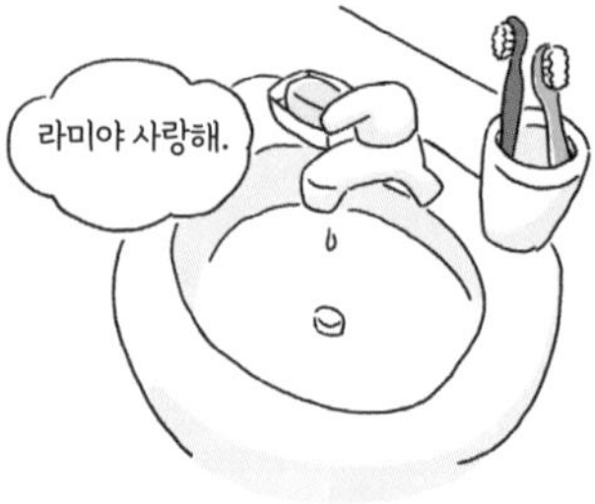
라미야 사랑해.

라미야….
사랑해.

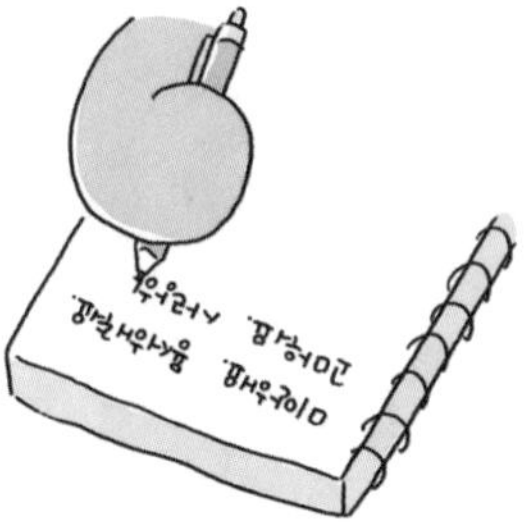

《와이키키의 비밀》에 빠졌다.

*가제입니다.

《와이키키의 비밀》은 《The Key》보다 더 쉽다.

미안해요. 용서해줘요.
고마워요. 사랑해요.

이 네 가지만 되풀이하면 된다.
이보다 더 쉬운 답이 어디 있을까?

저자는 이 치유법으로 진료조차 하지 않고
환자들을 모두 완치시켰다고 한다.
정말 대단하지 않은가?

헉, 세미나를
하네?
이건 꼭
가야 해!
여기에 가면
100% 나을 수
있을 거야!

분명 마법 같은 일이 일어날 거라고!

하지만 세미나는
책과 비슷한 내용이었다.
마법 같은 일은 일어나지 않았다.

10,000
백십만 원
결제!
일 없는
일러스트레이터
입니다.

희망을 잃지 않고
지갑에 끼워 두면 돈이 모인다는 카드와 배지를 사고
햇빛에 1시간 이상 두고 마시면 기억을 정화해준다는
블루솔라워터도 꼬박꼬박 마셨다.

나는 '답이 있는 문제'에 대해서는
정말 열심히 행동한다.
(성취와는 다른 문제.)

대학교 때까지는 시키는 대로 공부만 하면
인정받을 수 있었다.

그래서 내가 좋아하는 순정풍 만화보다는
교수님들과 잘 나가는 선배, 동기들이 좋아하는
마이너한 그림에 열중하게 됐다.

그것이 진짜로 좋은 건지
내가 좋아하는 게 맞는지 질문은 하지 않았다.
과제와 시험치기에 바빴으니까.
나는 장학금이 필요했으니까.

졸업 후에는?
해야할 것들이 모두 사라져버렸다.

나는 무엇을 해야 하지?

내가 잘하는 건 뭐지?

나는…
누구지…?

뭐야, 사춘기냐? 그런 건 사춘기 때 고민 끝내야지.
그, 그런거야?

나는 누구인가.

나는 20대 후반에서야
처음으로 질문을 던진 것이다.

힘들지?
하지만 넌 소중한
사람인 걸 잊지 마.
와이키키의 비밀

너를 사랑하면
다 해결될 거야.
꼬옥!
와이키키의 비밀

《와이키키의 비밀》은 따듯했다.
나를 달래주고 '힐링'해주었다.
하지만 아무것도 해결되지는 않았다.

다 그만하고 싶었다.

긍정적이어야 돼.
자신을 사랑해야 돼.
하지만 결과는 네 책임이야.

점점 긍정과 힐링을
강요받는 기분이 들기 시작했다.
그것은 또 다른 '강박'이었다.

가족에 대한 무력감

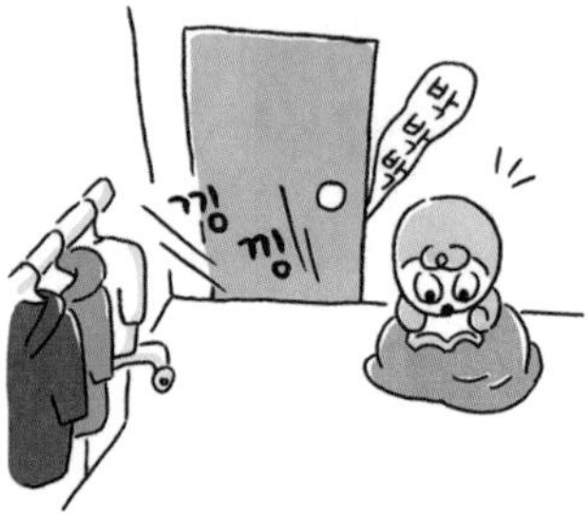
박박박
낑 낑

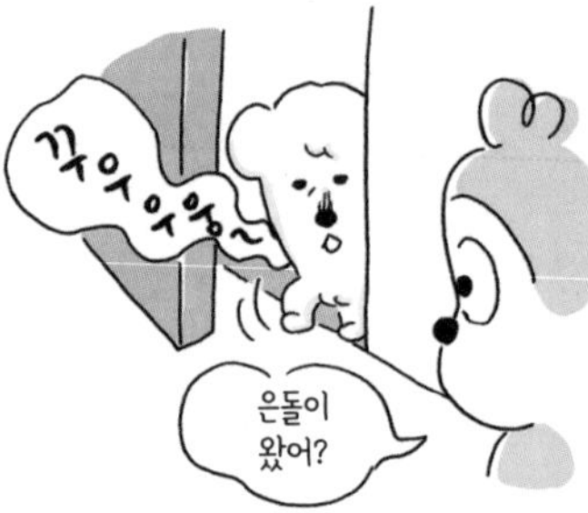
끄우우웅~
은돌이
왔어?

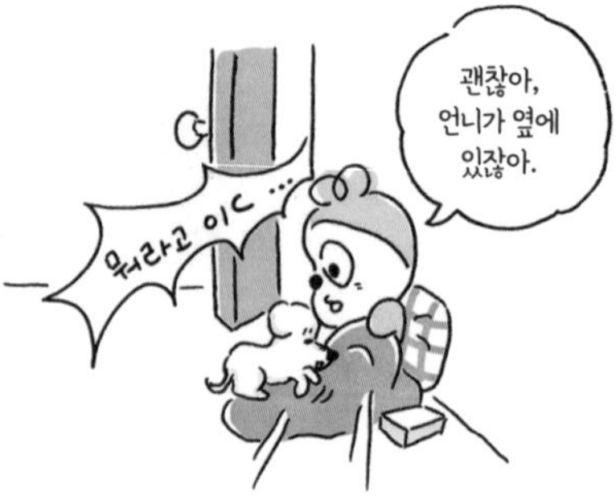
괜찮아,
언니가 옆에
있잖아.
뭐라고 이ㄷ…

은돌이는 부모님이 싸우는 걸 정말 싫어한다.
나도 정말 싫다.

꼬옥..

말려야
되는데

저러다
옛날처럼 또…

그, 그만들 좀 하세요!
이 염병할..
시끄러!!

...
저게 어디서
눈을 부릅뜨고!
넌 들어가 있어!

나도 이제 다 컸어.
아빠랑 싸울 수 있어.

아빠가
엄마한테
그렇게 말하면
안 되죠!
꿀꺽

뭐?
딸이라고
엄마 편든다
이거지?
이래서 아들을
낳았어야 하는데.
네 방 들어가~

넌 집에서 맨날 하는 게 뭐야?
이 멍충같은 X이 나한테 니가 해준게 뭐가 있냐고

이제 안 무섭다.

라미야!!
네 방 가서 문 잠그고 있어!

이제는 저 사람이 무섭지 않다.
그저 화가 날 뿐이다.
화가 나서 온몸의 세포가 요동친다.
수치심과 분노로 가득 차오른다.
하지만 숨어서 우는 것밖에는 할 수가 없다.

무력감.
그것이 차곡차곡 쌓여
아무것도 할 수 없는 사람이 됐다.

처음으로 신점을 봤다.

위로 한 명
더 있는데
아들이었구만.
네?

가서 엄마한테
물어봐.
네 아빠랑은
아무도 못 살아.

부모님 이혼시켜.
안 그럼 엄마가
우울증 걸려서 자살할 거야.

우리 엄마는 그럴 사람이 아니란 말이에요.

우리 엄마가
얼마나 씩씩한
사람인데.
말도 안 돼.

괜히 봤다.
신점은 보는 게 아니었는데.

엄마,
이혼하면 안 돼?

뭐?
이렇게
괴롭게 사느니
이혼하라구!

제 발…
부탁이야…

이혼하면 그걸로 끝인 줄 알아? 집도 재산도 반토막 나.
너희가 아빠 평생 모실 수 있어? 이혼하면 뭐가 더 나아질 것 같아?

짐은 엄마가 다 지고 갈 거야. 쓸데없는 소리 말아.

겁이 났다.

엄마 위하고 싶으면 가서 설거지나 해.
응…

나는 더 이상 아무 말도 하지 못했다.
내가 아빠를 모시고 싶진 않았으니까.

엄마, 근데…
내 위로 누구
있었어?
응?
사실 점을 봤는데
그런 얘길 들어서.

너 낳기 전에
유산을 한 번
했었는데
콩 터느라
도리깨질하다가…
옛날에는
그런 일
많았어.
또 뭐라
그러디?

큰일이다.

그 아저씨 말이 맞았다.

다른 데도
가봐야겠어.

나는 겁이 나서

잘 본다는 점집을 찾아다니기 시작했다.

#

마음이 약해지면 누구든 믿고 싶어진다

20대에 약 20곳의 철학관과 점집을 다녔다.

XX철학관
여기 신내림 받은 지 얼마 안 된 데야.
타로 신점이래.
경남에서 유명한데 서울 개업했대.

그중에 애기신을 모시는 무당은
유난히 외모에 관한 얘기를 많이 해줬다.

얼굴에 절대 칼 대지 마!
머리는 긴 단발만 하고!
네…?

그다음은 신내림 받은 지 얼마 안 돼서 잘 본다는 곳에 갔는데
무당 분 말하는 속도가 랩퍼도 울고 갈 정도였다.

만화 그리고 싶은데 될까요?
시나리오만 있음 되겠어.
없는데요.
하지 마.
하고 싶은데…
해보든지.

명확한 답이 듣고 싶어서 간 것인데
속 시원한 대답을 들은 적은 거의 없었다.
답이 명확하면 대체로 상처 되는 말을 하는 곳이었다.

지금 해외로 나가지 않으면 앞으로 공부할 기회는 '절대로' 없을 것이다.
나갈 돈도 없는데!
그 남자를 만나면 그놈은 '반드시' 바람을 피우고, 너는 '100%' 홧병이 날 것이다.
끼에엑~
내년에도 내 후년에도 안 생길 것이다.
저주다. 이쯤되면 저주야~

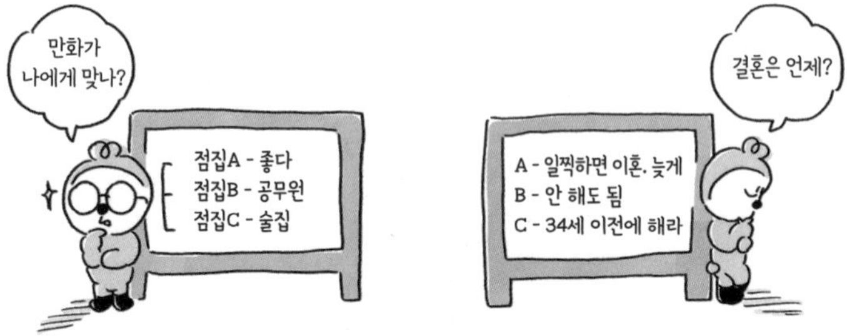
만화가
나에게 맞나?
점집A - 좋다
점집B - 공무원
점집C - 술집
결혼은 언제?
A - 일찍하면 이혼. 늦게
B - 안 해도 됨
C - 34세 이전에 해라

그리고 대체로 과거는 잘 맞히지만
미래에 대해서는 제각기 다른 말을 했다.
생각해보니 나는 내가 원하는 답이 나올 때까지
점집을 찾아다녔다.

흠… 유학은
영어권이 좋지만
자금이 없다면 일본도
괜찮아요.
엄마는 너무
걱정 안 해도
됩니다.

이 둘은 서로 싸우면서 살아가는 형상입니다.
싸우기 때문에 살아갈 수 있는 것입니다.

멍멍!!
하악!!

당신이 끼면
더 안 좋아질 뿐이니
관여하지 말고
집을 나가는 것이
좋겠습니다.
당신의 사주는 처음에
안 좋고 나중에 대성하니
지금은 참고 기다리세요.

딱 내가 원하는 답변이었다.

여기가
잘 보네.

듣고 싶어 하는
대답을 들었을 뿐.

작은 결정조차 하기 어려워하는 나는
이런 식으로 사주를 보고 결정하는 계기를 만들곤 했다.

속독법 수업
들어도 될까요?
한때
엄청 꽂힘.
200만 원인데…
하지 마.

스스로 결정할 수 있는 강한 사람이면 좋았겠지만
나에 대한 불신과 불안은
타인에 대한 맹목적 믿음으로 곧잘 바뀌곤 했다.

아주 작은
확신이라도
얻고 싶어.
너까짓게
뭘 한다고.
너도 좀
긍정적으로
살아봐.
너만
힘든 줄
아냐?
내가 틀리지 않았다는
작은 위로라도….

나 자신이라도 원하는 대답을 해주면 좋았겠지만
나는 나 자신을 믿는 것도 위로하는 것도 할 수 없었다.
그건 내게 너무도 어려운 일이었기에.

그동안 힘들었지?
실수해도 괜찮아.

몇몇 사람은 나를 이해하거나 그러려고 노력했을 것이다.
하지만 내 자존심과 두려움 때문에
식이장애가 있다고 말할 수 없었다.

나는 스스로 해결하고 싶었다.

엄마, 나 고시원
들어갈래.
뭐?
※ 사주에 의지하는
모순적 인간입니다.

집만 나가면 예전처럼 열심히 살 수 있을 거야.

뭐야?
안 돼!
미쳤어?
몰라!
갈 거야!!

나는 여기서 벗어날 거야.

이 집에서. 나에게서.

변할 거야. 반드시.

#

나를 내 마음대로 할 수 있다면

고시원에 들어갔다.

ㅇㅇ고시원

...
감자칩
안 되지. 안 돼.
공모전 준비하기로
약속했잖아.
나랑…
공모전
D-167

흐-음
재밌는
소재 없나~

어둑 어둑
공모전
D-167

공모전을 준비하고 있지만
영감이 떠오르질 않는다.

안 되겠다.
산책이라도
해야지.

가족들,
친구들끼리
많이 오네.

이곳은 교대 근처라 학교 운동장 트랙에서
운동하는 사람이 많았다.

여기까지 와서 토하면
난 진짜 구제 불능이야.

으하하..!
D-167

순간 내 웃음소리를 듣고 놀랐다.
스트레스와 외로움을
또 먹는 걸로 풀었다.

깜짝이야.
오늘
내 목소리
처음 들어….

또야…
또…

나아지기는커녕
혼자 있으니까 오히려 더 심해지고 있었다.

결국 2주 만에
집에 돌아왔다.

엄마,
나 왔어.
헤헤
내가
잘 할게.
멍!
멍!

은돌이 짱이짱이~
르르~
멍!
멍!
꺄르

스물스물..
우리 동이동이 운동이!!

뭉게 뭉게
나는 정말 나약한 인간이야.
망했어 이제 뭘 해도 안될 거야.

홱!
자괴감

일본에 있는 일러스트 학원에 다니고 싶어서
워킹홀리데이 비자를 신청했다.

그림
제대로
배우고 싶다.
유학가면
잘할 수 있을것
같은데..

강남으로 일본어 학원을 끊었다.

Cine
OO성형
피부과

운동도 더 열심히 했다.

대행비
40만원
강남유학원

하지만 최소 목표 금액인
500만 원을 모으지 못해서
결국 워킹홀리데이는 가지 못했다.
막무가내로 가고 싶었지만
돈 없이 갈 엄두가 나질 않았다.
공모전도 내지 못했다.
열심히 살고 싶은데
도무지 그렇게 되질 않았다.

은돌이도
배부르면
그만 먹는데…
존재만으로도
기쁨을 주는
은돌이가 부럽다.
ㄱㄱㄱ
ㄱㄱ
ㄱㄱㄱ
ㄱㄱ
도로롱 도로롱~

사라지고 싶다.

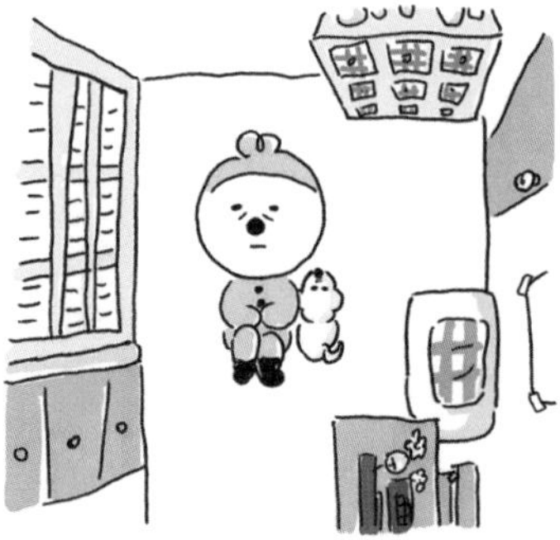

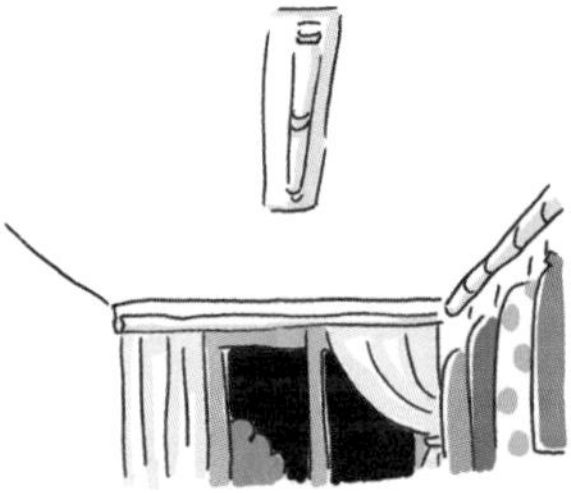

이 모든 게 언젠가

끝이 나긴 할까?

죽음 말고는 끝이 없는 걸까?

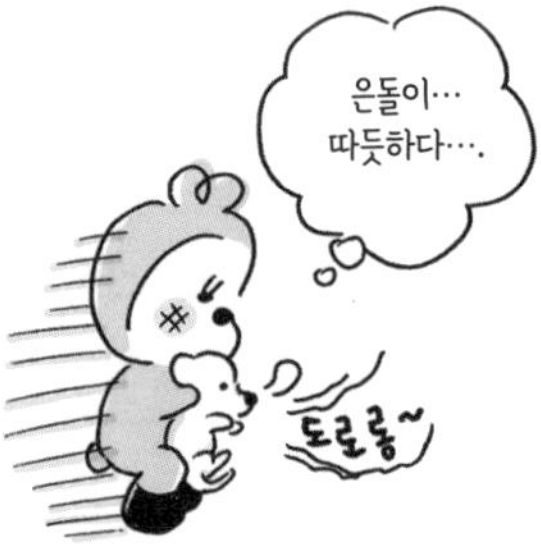
은돌이…
따듯하다….
도르롱~

# #
왜곡된 생각을 바라보다

사라지고 싶다.

사라지고 싶다.

사라지고 싶다.

나는 한 가지 생각에 골몰하면
그 생각이 사라질 때까지
놓는 법을 모른다.

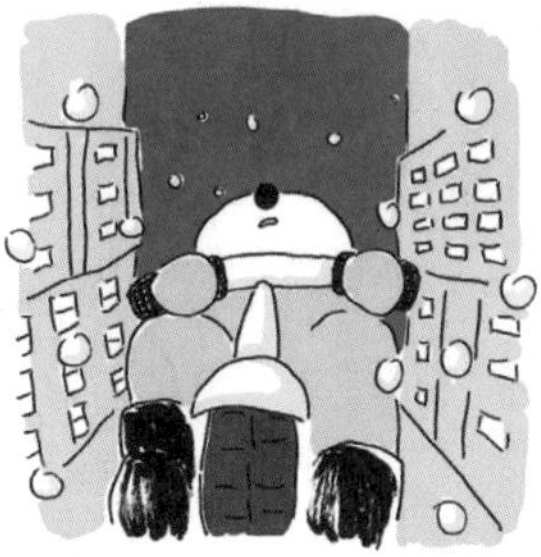

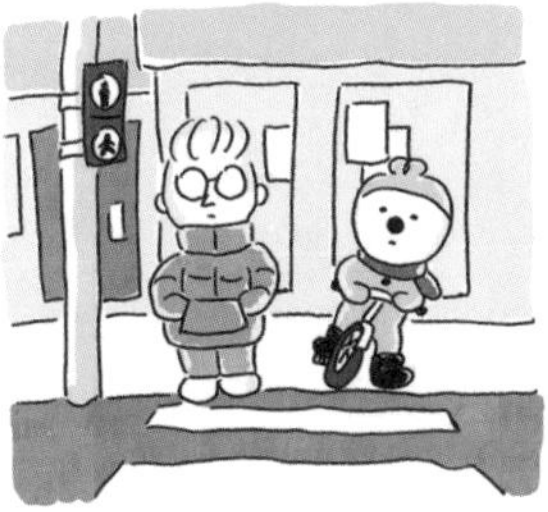

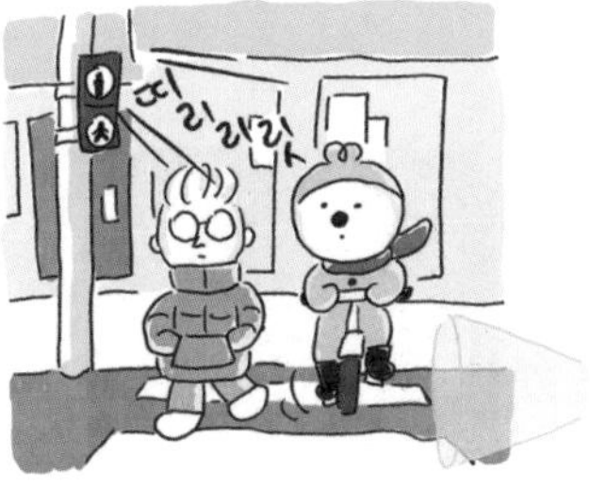
띠리리릿

생각이 사라지거나

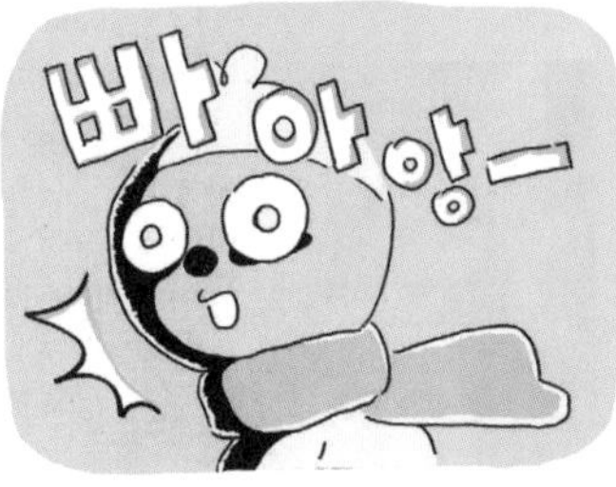
빠아앙-

내가 사라지거나

이제는 내가 사라지는 게
더 쉬울지도 모른다는 생각만 든다.
아마도 이런 게 책에서 말하는
'강박증' 같은 것일지도 모른다.

뭐야, 결국
해결책은 안 나와
있잖아.
탁!

하루하루 죄가 쌓인다.

살아 있는 것 자체가 민폐다.

그래도…

그래도…

분명 방법이 있겠지.

지구야 미안해….

#
나를 사랑할 수 있는 시간은 '지금'

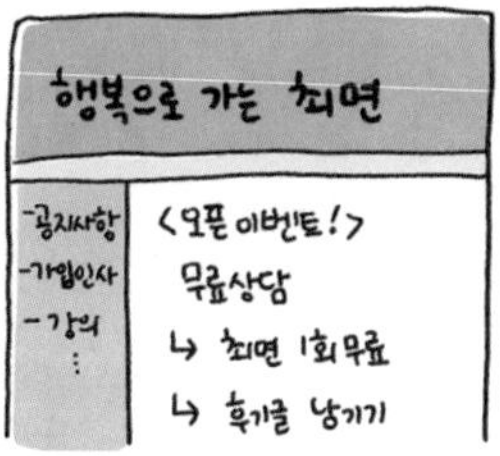

신청합니다.
저는 폭식증을
겪고 있습니다.

△△피부과
○○병원
Cine 커피

운 좋게 이벤트에 당첨되어
상담을 받았다.

생각보다 젊은 청년이 나왔다.

라미 님인가요?

최면
안 걸리면
어떡하지.
무조건
믿어야 돼.
10, 9, 8, 7

심호흡을 하고 안내에 따라
내면 깊은 곳으로 들어갔다.

지금
어디에 있어요?
아.
가슴 부근이요.
무엇이
느껴지나요?
빨갛고 찌그러진.
부침개같이
생긴 거요.
팔다리도 있어요.
그 아이의
이름은 뭔가요?

모… 못난이요.

잘은 모르겠지만
어렸을 때부터
있었대요.

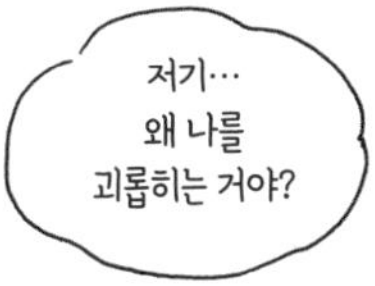
저기…
왜 나를
괴롭히는 거야?

그냥
장난치는 건데?
재밌잖아.
ㅋㅋ

그 순간
갑자기 서운한 마음이 밀려왔다.

너무 서럽고 외롭고
마치 엄마에게 버림받은 아이처럼
슬픔이 북받쳐 올라왔다.

널 괴롭히는 건
내가 아니라 너야.

내가 괴롭히는 거라고?

또 다른 나는 항상 이렇게
버림받은 기분을 느꼈던 걸까.

우리
못난이에게 진심으로
사과해봐요.

미...
미안해!

몰랐어.
관심 가져주지 않아서
정말 미안해.
내가 앞으로
노력할게.
많이 사랑해줄게.
팟!
엥?
못난이가
갑자기
변했어요!
우리,
못난이에게
새로운 이름을
붙여줄까요?

이제 제
어깨 위에
앉았어요.
동그랗고
귀여우니까
'동이'라고
지어줄래요.

그럼 동이와
협상 하나
할까요?
앞으로 토하고 싶어지면
왼쪽 팔이 저릿한 느낌이 들게
신호를 보내달라고.

네. 대신
이제 자주 얘기하고
놀기로 약속했어요.

사실 이것이 최면이었는지
내가 지어낸 얘기인지
아직도 잘 모르겠다.

상상한 것과 달리
정신이 멀쩡했기 때문에.
하지만 마음이 한결
가벼워지는 기분이 들었다.

그 뒤로 폭식을 멈추지는 못했지만
구토는 멈출 수 있었다.
구토를 시작한 이후
가장 오랜 기간 참은 것이었다.

비록 1년 동안이었지만.

# #
포기도 용기도 가질 수 없는 빵점

폭식증을 겪을 때 자주 했던 생각은
'이것만 아니면 그림도 더 열심히 그릴 텐데.'
'이 문제 때문에 앞으로 나갈 수가 없어!' 였다.

일도 팍팍
촤악
콱
작가님을 꼭 모시고 싶습니다.
아아, 스케줄 확인 후 연락드릴게요.
인기 포털 만화 연재

이것만 아니었다면 다 잘될 텐데….

<장애물>

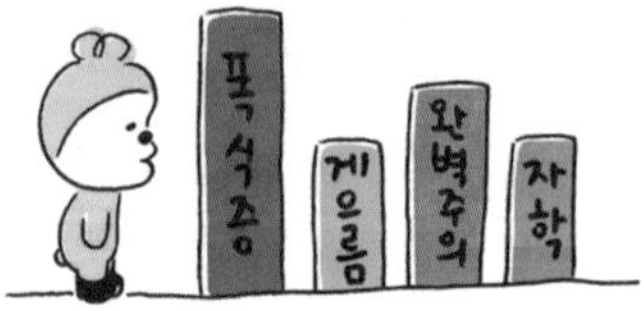

폭식증
게으름
완벽주의
자학

나는 간간이 들어오는 그림책 작업과 캐리커처 행사로
밥벌이만 겨우 했다.

캐리커처
무료

<점심시간>
만화 그리고 싶다.
그리고 싶으면 그리면 되잖아.

고작 대상 한번 받은 걸로 다음 작품을 그릴 수 없게 되다니.
차라리 그리고 싶은 마음이 사라지면 좋겠어요.
한심해요 정말….
징징

아, 맞다.
이번에 새로운
웹툰 사이트가
오픈하는데
기획서만
있으면 된대.
거기 한번 해봐.

나같은 게으름뱅이에게
이건 절호의 찬스였다.
(마감이 없으면 그리지 못함.)

할래요!
할래
할래!
당장
알려줘요!

좋, 좋았어!
set!
open
내가 제일 좋아하는
이야기를 그리는 거야.

어찌저찌 기획서가 통과해
정말로 연재를 시작하게 됐다.

내가
해낼 수
있을까.
적어도
하루에 1장
완성.

앞으로 8개월 동안
한 달에 32페이지 완성.

들뜬 마음도 잠시.

어? 인체가
왜 이러지?
잠깐.
캐릭터가 다른데
성격이 다 비슷해.
이런 캐릭터는
무슨 대사를
쳐야 하지?

으아아~ 모르겠다아~

결국 마감에 쫓겨서
완성만 겨우 한 채로 제출하곤 했다.
그렇게 3화까지 연재 후…

작가님,
죄송하지만 연재
반응이 별로라…
앞으로 잠시
휴식시간을 거친 후
재계약 여부를
결정하려고 합니다.
면목이
없어요.
꾸깃
…
손이…
녹는다아….
뜨끈~
따뜻한
은돌이.

괜찮아.
못하면
배우면 돼.

나는 당장 영화 시나리오 수업
5개월짜리를 끊었다.

하지만 막상 수업을 들으니
더 어렵게만 느껴졌다.

이 길은 정말 어렵다.
그만둘 수 있으면
당장 그만둬라.
공식을 알려줄 순 있지만
공식을 따른다고 모두
성공하는 것은 아니다.
이건 10년을
해도 모를 것
같아.
난 너희들에게
공식을 뛰어넘는
스토리를
기대한다.

<술자리>
멍청한 년.
네가 우울한 건
섹스를
안 해서야.

선생님은 독설로 학생들을
채찍질하는 스타일이었고
그건 나와는 맞지 않는
교육방식이었다.

24시 CAFE

그래도 여기서 그만둘 수는 없었다.
100페이지에 달하는 과제를 하기 위해
나는 카페에서 일주일간 밤을 새워가며
겨우 시나리오를 완성했다.

마지막 발표일에는
실제 영화판에서 시나리오로
얼마나 쓸만한지 점수가 매겨졌는데

라미는
빵점이다.

우리 반의 평균 점수는 -15점이었다.
최고 점수는 30점.

+도 -도 아닌 0점.
나는 포기도 용기도 가질 수 없었다.

라이

그러던 중 웹툰 에이전시에서
6개월 만에 다시 연락이 왔다.

여보세요.
네.

# #
생각을 없애는 방법

작가님,
다음 주부터
연재 다시 시작하기로
했어요.
저, 정말요?
감사합니다!!

부끄러워서 아무에게도 보여주지 않았던 만화를
지인들에게 보여주고 평가를 부탁했다.

캐릭터가
좀 밋밋한듯.

너무 못 그렸던 1화도 다시 그렸다.
밤낮이 바뀌고 인스턴트 음식으로 배를 채우며
스트레스는 맥주로 풀었다.

그러던 어느 날부턴가 하혈이 계속됐다.
'일단 마감부터 생각하자.'

하혈이 몇 개월간 지속되자
안 되겠다 싶어 병원을 찾았다.

자궁근종이네요.
위험한 건 아니지만
생활에 불편하니
내일 당장
수술 예약
합시다.
이건 내버려둔다고
줄어들거나 하지 않을 거 같아요.

그럼 내일로
예약할게요.
...
수... 수술...

내 몸에
칼 대기
싫은데.
내일
엄마랑
같이 와!

어릴 때부터 감기약도 안 먹고 자란 탓인지
약이나 병원에 대해서 거부감이 컸다.
나는 고민 끝에 예약을 취소하기로 했다.

엄마,
내가 요즘 건강에
너무 신경을 안 써서
한 달 동안
노력해보고
그래도 안 되면
수술할게.

어쩔 수 없잖아.
갑자기 잘하게
될 수는 없으니까.
일단 최선만 다하자.
제발 받아들이자,
나 자신!

가장 먼저 한 일은
스트레스를 안 받겠다는 다짐.
건강과 직결된다고 생각하니
그것만으로도 어느 정도 필터링이 됐다.

다음은 밤낮을 되돌려놓는 것과
음식 관리.

해가
떠 있을 때
작업하자…

생강차 ~~만들어서~~
사서
하루
4-5잔
마시기
생강 까느라
고생했는데…
설탕 덜 넣어서
곰팡이 핌

찬 음식 끊기.

매일 스트레칭 위주로 운동하기.

〈금지음식〉
커피
튀김우동
인스턴트 음식
따뜻한 나라에서 나는 과일
여름이 제철인 음식

그렇게 3주를 보낸 후

어느 날 화장실에서 검붉은 핏덩어리가 나왔다.

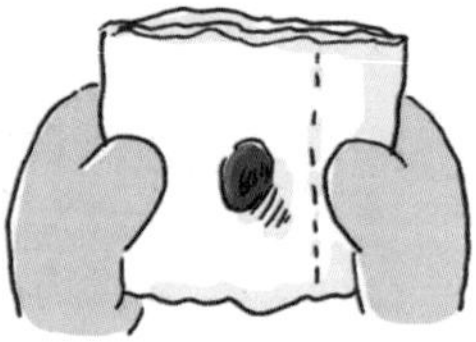

이… 이건 분명히…

어머,
신기하네요.
참병원

지금
보이시죠?
자궁이 완전
깨끗하네요.

건강을 얻은 것은 기쁜 일이었지만
그렇다고 더 나은 만화를 그리지는 못했다.
연재가 끝나고 나는 사람들로부터, 세상으로부터 숨어들었다.
만화를 그리는 게 전보다 더 무서워졌다.
모두가 나를 비웃는 것 같았다.

정~
징~

이게 뭐야 ㅋㅋ
이런 조잡한 만화라니~
대상은 어떻게 받은 거냐?
ㅋㅋㅋ

<상상속의 독자들>

(사실 놀랍도록 그 누구도 관심을 주지 않았다.)
나는 연재하기 전보다
더 좋지 않은 상태가 됐다.

너도 내 만화가 구리다고 생각하니?
...
흐읍

나는 안다.
나는 잘 나가는 일러스트레이터가 되지 못할 것이고
그렇다고 캐리커처만 평생 할 수 있는 인간도 아니라는 것을.
그동안은 '언젠가 만화를 그리면 잘 될 거'라는
망상으로 버텨왔는데, 이제 그것이 무너져 버렸다.

사람은 간사해서
힘들었을 때의 다짐 같은 건 금방 잊어버린다.
나는 구토를 멈춘 1년 동안 단 한 번도
'동이'의 존재를 떠올리지 않았다.

나는 할 만큼 했어.
했는데 나라는 인간이
이 정도인 걸 어떡해.

모르겠다.
뭘 해야 하는지.

나는 그만 생각하고 싶었다.

단지 그뿐이었다.

생각을 없애는 데는 음식이 최고였다.

내 몸은 그것을 너무도 잘 알고 있었다.

★ 이해와 방안을 모색하자 ★

치료에 불이익을 당할까 봐 두려워하거나 거부하는 분들이 많은데
국가 사무에 필수적이어서 법률로 규정된 경우를 제외하고는
어떤 경우에도 본인 동의 없이 개인의 진료 기록은 열람이 금지되어 있다.

정신과 기록이
있더군요.

애초에 불가능한 상황. 가족이라도 가족관계증명서와 동의서를
같이 가지고 내원했을 경우만 가능

보험의 경우 정신병력만으로 가입을 거부하는 것은 위법일 가능성이 크지만
현행 법령의 실효성 문제는 남아 있어
실비나 질병 관련으로 가입에 제한을 받을 수는 있다.
(예를 들어 5년 이내 입원, 7일 이상 치료, 30일 이상 투약의 경우)

가입이
불가능합니다.
그건
위법 아닌가요?

*모든 보험사가 거절하는 것은 아니며 보험사마다 상이할 수 있다.
*비보험으로 일반진료를 받으면 아예 기록이 남지 않는다. (대신 본인 부담 100%)

치료에는 인지, 행동, 약물, 가족 치료 등이 있다.

행동 치료-식이습관 개선
하루 세끼 식사와 간식.
배부르면 토해야 될 것 같아.
인지 치료-왜곡된 생각 교정.
XX병원
가족 치료-가족의 감정/욕구를
나의 감정/욕구와 분리.
분리
약물 치료-세로토닌계 약물로
50% 이상까지 증상을 줄일 수 있다.

가족은 환자의 회복에
가장 중요한 역할을 하기 때문에
병에 대한 이해와 대처방안을
교육받고 동참해야 한다.

교육장

이 세상에 기쁜 일만 있다면 용기도 인내도 배울 수 없을 것이다.

헬렌 켈러

3장

죽는 것보다 더 무서운 것이 생기다

# #
걱정을 입 밖에 내지 않는 배려

약간의 과식이었다.
그런데 그것이 갑자기 참을 수 없이
기분 나쁜 포만감으로 느껴졌다.

잔뜩 먹고
토하고 싶다.

실컷 먹고 토하고 나면 정말 개운한데.
한 번만 할까…. 소화되기 전에 얼른 사와야지.

일단 컵라면 하나랑
앗, 저거 먹고 싶다

근데 저건 너무 무거워서 토하기 힘들지…
가벼운 빵이 좋겠…
시리얼

오… 이거 하나만 사면 다른 거 안 사도 실컷 먹고 토할 수 있는데.
근데 만약 남기면 내일 이거 보고 또 토하고 싶어질지도 몰라.
오늘은 다 못 먹을 것 같은데…
코코시리얼

에이, 모르겠다.

12,500원
입니다.

토하기 위해서는 하루에 최소
만 원에서 삼만 원 정도 돈이 든다.
매일 매끼 토하게 되면
몸도 몸이지만 통장부터 거덜 난다.

음식을 일단 먹기 (넣기) 시작하면
마법처럼 모든 걱정이 사라진다.
생각의 진공상태 같달까.

이번만큼은
완전히 너를
망쳐버릴 수도 있어…
후루루룩

푸슉
후루룩-
후룩-

턱이 아프도록 씹어댄다.
한가득 삼켜 목으로 넘어갈 때의
그 느낌이 좋다.

먹는 것을 순식간에 끝내고
곧바로 화장실로 달려간다.
소리를 숨기기 위해
샤워기를 틀고 토하기 시작한다.

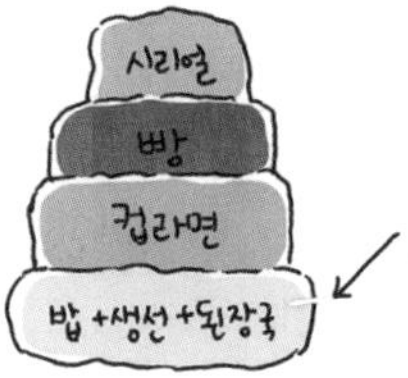

먹은 것들이 역순으로 나오기 때문에
색깔로 인해 층이 달라지는데
나는 처음 먹은 것을
보기 전까지는 구토를 멈추지 못한다.

이 과정이 끝나고 나면
온몸에 힘이 빠져서
아무것도 할 수 없게 된다.
그리고 한동안은
죽고 싶다는 생각만 든다.

하지만 이번만큼은 괜찮다.
딱 이번 한 번뿐이니까.
앞으로는 절대 안 할 거니까.
내일부터는 다시 괜찮아질 거니까.

〈두 달 후〉

징~

라미야 왜
대답이 없어?
오늘 뭐 해?
술 먹자.

약속에 나가기 싫다.
부어오른 침샘으로 네모진 턱…
회색빛 얼굴에 잔뜩 난 뾰루지.

가끔 찾아오는 위경련. 부식된 치아.
불안과 짜증. 무기력증. 대인기피증.

무섭다….
이제 구토를 해도 $^{2}/_{3}$밖에 나오지 않는다.
어떤 날은 아예 안 나오기도 해서
점점 몸무게가 늘어나고 있다.

나가기 싫은데 거절을 못해서
이렇게 지인을 만나러 갈 때면 걱정이 앞선다.
살쪘다고 그러면 어떡하지.

라미야!
언니.

…라미
살쪘네?
네?
아…
들어가자

라미, 조금만
살 빼면 예쁠 것
같은데.
화장도 좀 하고…
한 건데…
언니는 전보다
날씬해 보여요.

나 이번에 보톡스
맞았잖아!
아~
너도 하면
효과 장난
아닐걸?

라미야, 너
저번에-
모듬꼬치 나왔습니다~
뭐지,
그 동화책 한 거
한 권에
얼마 받아?
아… 그건 책마다
좀 다른데.

OO 알지?
그 사람 요새
잘나가더라.
너도
그 사람처럼 해봐.
파워블로거도 되고,
책도 내고.

좀 긍정적으로
살아.
네가
잘 됐으면
좋겠다.
잘 될거야,
너도.

담에 또
보자~

걱정해주는 것은 고맙지만
속으로만 걱정했으면 좋겠다.
피곤하다….

날 그렇게 걱정해주는데
왜 하나도 와닿지 않을까.
걱정을 입 밖에 내지 않는 배려.
그런 걸 바라는 건 욕심일까.

# #
예쁘지 않을 권리가 있다

어릴 때부터 외모에 대한 콤플렉스가 심했다.

<유치원 차 안>
저기 돼지네 엄마 온다.
ㅋㅋㅋ
엄마도 돼지야!
뚱뚱한 잠바를 입으신 것뿐.

나는 집에서도 돼지라고 불렸다.

아이고- 우리 돼지가 잘 먹네.
ㅋㅋㅋ
돼지랰

<초등학교 때>

얼큰이다
얼큰이~
모여라
꿈동산~

<중학교 때>

라미
무다리~
라미
무다리~
ㅋㅋㅋ
수군
수군

어릴 때부터
외모가 얼마나 중요한지
끊임없이 주입받았다.

나는 시방
한 마리 돼지여.
씁

돼지라는 자아를
제일 먼저 형성.

내가 어릴 때 느꼈던
가장 선명한 감정은
'수치심'일 것이다.
이런 내가 깨달은 것은
가족도 '돼지'는 못 견딘다는 것이었다.

아이고, 라미
배 좀 봐라.
여자애 배가
그게 뭐냐!

캬~
패션
테러리스트다
어깨를
뽐내고 싶었던
거야?
ㅋㅋㅋ

외모에 대한 지적은
성인이 되어서도 멈추지 않았다.

피곤하다….
집에 얼른
가고 싶다….
너 여자 맞아?
ㅋㅋㅋㅋ

<잠시 디테일화>

악~
너 발가락털 ~ㅋㅋㅋㅋ

여자는 어째서 손가락털 발가락털까지 관리해야 하는가….
악!
인중털 뽑는 중.

오- 라미 오늘 어디 가?
남자 만나?
예쁜데 그 신발은 좀 안 어울린다.
야,야 마스카라는 꼭 해야지!
얘가 화장을 모르네~

나는 패션에 크게
관심이 없는 편이라
주로 만만히 보이지 않기 위해
꾸미곤 했다.

라미는 통통해도 귀여워.
라미 정도면 예쁜 편이지.
다리가 두꺼워도 치마가 예쁘다.

예쁘다는 말 뒤로 교묘하게
날 깎아내리는 말들.

그래서
말야…
어?
너 사각턱.

?!
ㅋㅋ
뭐지 이놈…
앞뒤 없이….

심지어 남자친구마저 그런 지적을 서슴지 않았다.
마치 자신은 사실을 말하는 것뿐이고
자신이 너무 이성적이고 솔직해서
너에게 친절히 그 사실을 알려줄 뿐이라는 듯한 태도.
그렇게 상대방을 깎아내리면서
자신이 더 우위에 있고 싶은 심리.

그게 아니라면
생각이란 걸
하지 않는 거겠지.
무안해할까 봐
뭐라고 못하겠어….
왜 나만
배려하고 있지….

화내봤자
왜 이렇게 예민하게
구냐고 하겠지.
누구에게서든지
외모평가는
듣고 싶지 않다.

점점 그런 모든 것에 넌덜머리가 났다.
저 사람도 열등감이 있나보다.
그렇게 스스로를 위로해볼 뿐.

어릴 때부터 많은 이들이 수없이 내 외모를 지적해왔다.
마치 외모가 세상에서 가장 중요한 것이라는 듯 말이다.

뚱뚱해 보여.
여성스럽게 좀 입어.
화장 좀 하고 다녀.
살 좀 빼라.
쌍꺼풀 수술하면 예쁠 것 같아.
얼굴이 크네.
어깨 넓은 것 봐.

이런 말들을 듣고 자라면
커서도 외모에 많은 에너지를 쓰게 된다.

내가 어떻게 보일까.
뚱뚱하다고 생각하겠지?

만화가가 되는 것 말고 나의 가장 큰 소망은
다이어트에 성공해서 날씬해지는 것이었고
많은 시간과 돈과 에너지를 거기에 쏟아부었다.

돈
시간
에너지
다이어트

너 정도면
예쁘지.
다른 애들보다
예뻐.
비교와 평가는
사물화된 느낌을 준다

만약에 그런 말을 듣지 않았다면
나는 나 자신에 대해 이렇게 엄격하고
부정적인 느낌을 갖지 않았을지도 모른다.
어떤 사람들은 쉽게 칭찬이라 생각하지만
예쁘다는 말조차 상황에 따라
다르게 받아들여질 수 있다.

라미 양이 제일 예쁘네.
불편
과장님
다른 사람이 상대적 박탈감을 느낄 수 있다.
※ 예시일 뿐입니다.
+
더불어 회사에서는 일로만 평가받고 싶음.

<밀폐된 공간>

예쁘시네요.
열려라, 열려…
낯선 남자
성적 대상화가 된 느낌에 공포심이 들 수 있다.

오늘
너무 멋져!
꺅!!

숨은 의도가 없고
평가하는 게 아닐 경우
친밀한 사이의 외모 칭찬은
기분 좋을 때도 있다.

근데 그 옷
어깨 너무
넓어 보여.
그래도
안 꾸민것보단
낫다야~
어깨선이
안으로 들어간 걸
사야지.
그…
그만….

내가 못 생기든 예쁘든
타인이 내 외모를 언급하는 것은
무례한 일이다.
순수한 칭찬마저도
받아들이는 사람에 따라
의미가 달라질 수 있기에.

예뻐요.
네가 뭔데
나를 평가해?
흥
난 너를 평가할 자격이 있지.
왜 감사하다고 안 하지?
권력의 우위

외모를 칭찬하고 싶으면
“스카프가 잘 어울리네요” 같이 구체적으로 하는 것이 좋다.
칭찬을 하고 싶으면 굳이 외모가 아니어도 된다.
사람들의 말처럼 나는 단순히 뚱뚱하고 못생긴 여자,
혹은 날씬하고 예쁜 여자가 아니다.
나에게도 보통의 남자들처럼
예쁘지 않을 권리, 나이들 권리가 있다.
하지만 나는 내가 계속 이런 말을 듣는 것엔
내 잘못도 있을 거라 생각했다.

내가 그냥
예민한 걸지도
몰라….

나에겐 좋아하고 잘하고 싶은 일이 있고 소중한 내 삶이 있다.
나는 외모보다는 나의 취향이나 내가 성취한 것,
성취하기 위해 노력한 것들에 대해 칭찬받고 싶다.
그런 단단한 마음을 가지기까지 난 오래도록 아프고 힘들어야 했다.

예쁨받는 여자가
되기 위해서 내가
변해야 하는 것이 아니라
그런 말을 내뱉는 사람들이
무례한 거야.

# #
자기혐오와 자기애

내가 자주 했던 말들이 있다.

난 자존감이
낮아.

나를 사랑하고
싶은데
자존감이 낮아서
연애든 뭐든
다 안 되는 거야.

어떻게 하면
나를 사랑할 수 있을까.

넌 이미 너를
사랑하고 있어.
넌 지금도
네 생각밖에
안 하고 있잖아.
응?

충격이었다.
내 고민을 공유하던 거의
유일한 사람이었기에 충격이 더 컸다.

푸
쉭

내가 진짜로 그런가…?

내가 어떻게 보일까…
흥
살 빼야 되는데…

생각해보니 난 정말
내 생각으로 가득 차 있었다.
이상적인 '나'를 그려놓고
거기에 부합하지 못하면
누군가가 비난하기 전에
나 자신을 혐오하고 비난하며
동정표를 구해온 것이다.

나는
만화를 못 그리면
안 돼…

나

나

나는 사람들을
실망시켜서는 안 돼…

나는
누구에게서도
상처받으면 안 돼…

나

나 진짜
뚱뚱해.
나 정말
못 그려.

자기혐오 또한
자기애의 일종일 수 있음을
그때 처음 깨달았다.

나란 존재를
누가 사랑해주겠어…
내가 노력할
수밖에…
소오름

〈첫 객관화 경험〉

와르르

내… 내가…
나르시시스트였다니!

나는 정말
끔찍한
인간이군!
흥, 나도
마음만 먹으면
할 수 있다고…
내가 저 정도로
찌질하진 않아서
다행이다.

맞아… 한편으론
자만심이 가득하다는 걸
알고 있긴 했어.

내가 가장 싫어하는 인간 유형이
바로 나였어…!

내가
너무 싫어!
으아아
아니야,
나를
사랑해야 돼!

<자아분열>

내가 이렇게 못난 인간일리 없어.
아니야 이것도 지금 자아도취 중인 건가?
(반복되는 자기혐오→ 자기애의 굴레)

그때는 나를 사랑하는 것만이
답인 줄 알았다.
그러면 모든 문제가
해결될 거라고 생각했다.

나를 사랑한다는 것이 무엇인지
나를 사랑하는 나는 또 누구인지
근본적인 해답이 필요했다.

또 그놈의 '정답'을 찾아서
이리저리 헤매기 시작한 것이다.
그리고 한 모임에 나가게 됐다.

대자유로 가는 길
無我

.. 완전히
깨닫고 나니..
... 신기한 일이
벌어졌다..
.. 까마귀떼
수백 마리가..
.. 까마귀들이
함께 느끼고
기뻐하는 것처럼
말이다...

거기서 선생님이 쓴 책으로 공부를 하는데
'무아'라는 개념이 도무지 이해가 안 되서
한 달 후에 그만뒀다.
사실 책을 보면서 스스로를 신격화한다는
느낌이 들어 그만둔 이유도 있었다.

버럭 버럭
그건 너의 문제이니라!
남탓하지 말거라!

나는 불교의 '무아'에 대해 공부해보고 싶어서
스님이 법문하는 곳으로 찾아갔다.
그곳에 가니 얼굴에 광채가 나는
비구니 스님이 계셨다.
그 스님은 호통을 잘 치는 스타일이셨다.

후들 후들~
더… 더 이상은
못 버틸 것 같아.

한번은 지리산 수행을 따라갔는데
산을 내려오다가 한밤중이 됐다.
젊은 여성은 나 혼자 였기에
스님은 내게 거의 몸을 맡기다시피 하며
힘들게 내려오던 중이었다.

하하하하
이제야 깨달았도다!
하하하하
하나도 힘들지가 않구나~
부아앙
당
왕
그때 깨달음이 '탁' 와서 갑자기 힘이 하나도 들지 않는 것이다!
나도 좀 알려주고 가시지…
오오~

무엇을 깨달았는지는 끝까지 말 안 하셨다.
그 뒤로도 수업을 나가면 내 마음속에서
어떤 불편한 감정이 일어났다.

스님 앞에서
머리를 조아리고
스님은 호통을 친다.
이런 풍경….

이건
흡사…
사회의 모습과
너무도 닮지
않았는가.
갑질…
감정노동…

나는 얼마 뒤에 그곳에서 빠져나왔다.
나중에 알게 된 사실은 그 스님이
미얀마에서 '인가'를 내주지 않는다며
칼을 들고 난동을 부린 적이 있다는 것이다.
그렇게 나는 불교공부를 금방 단념했다.

*인가: 스승이 제자의 깨달음을 인정하는 것.

#

음식을 먹으면서 사랑받는 기분을 느낀다

눈뜨자마자
모닝페이지*
식사 + 식사일기
운동
명상 + 명상일기

무기력한 나날로 돌아왔다.
그나마 일이 있어서 다행이었다.
'죽으면 편할 텐데…'
사이사이 나쁜 생각이 비집고 들어왔다.
아무리 바쁘게 지내도 소용이 없었다.

*모닝페이지: 아침에 일어나자마자 의식의 흐름대로 3페이지를 쓰는 것.

만약에…
죽은 뒤에도
고통스러우면
어떡하지?
그럼
죽는 의미가
없잖아….

죽음 이후의
세계는
어떤 것일까.

나는 뉴에이지 사상에 관심을 갖기 시작했다.
절판된 책까지 구해 볼 정도로 순식간에 빠져들었다.

내 고통에는
이유가 있다고?
태어나기 전부터
나 스스로 선택한
것이라니…

*뉴에이지: 인간 의식의 확장으로 어떤 신비한 것에 도달하는 것이 주된 관심인 운동이다. 과학, 심리, 기술, 정신분석 등 여러 종교에서 나타나는 다양한 요소를 혼합시킨다.

모든 영혼은 그룹이 있고
절대 혼자가 아니다.
어떤 순간에도 당신은
혼자가 아니다.

혼자가 아니다….
나는 혼자가 아니다.

나는 명상에 좀 더 관심이 생겨서
어느 명상 연구소를
찾아가 보기로 했다.

명상 연구소
어서와요~
제발 멀쩡한 사람이기를.

처음엔 걷기 명상법 같이
쉬운 것부터 시작했다.
이곳에는 여러 수업이 있었는데
나는 호기심에 1:1 상담을 신청했다.

우리 모두 인생숙제를 갖고 태어납니다.
숙제가 뭔지 알면 고통에서 벗어날 수 있어요.

나는 어릴 때부터의 일을 이야기해나갔고
하나의 사건이 내 숙제의 발단이 됐을지도 모른다고 했다.

네다섯 살 때인가
어느 날 아침에
눈을 떴는데
아빠만 옆에 있고
엄마랑 언니가
없었어요.

나는 그때
이렇게 생각했어요.

드디어
엄마가 나를
버리고 갔구나.

으허어엉!

왜, 왜 우냐?
엄마 일 갔어, 일!
끅... 꺽... 엄마...
엄마아!!!
왜 그런지
모르겠지만
그냥 그런 확신이
들었어요.

사실이 아니어도 그렇게 느꼈다면 버림받은거나 다름없어요.
사랑받을 때 느껴지는 기분은 음식을 먹을 때와 가장 흡사하죠. 따뜻하고 부드럽고.
사랑받고 싶다는 강한 마음이 곧 사랑받고 싶은 상황을 계속 끌어들입니다.
그러면 살이 찌는 것이죠.
무의식 속에서 우리 몸은 그렇게 작동되고 있는 거예요.
그렇구나…

이런 경우는 드문데
라미 양은 인생숙제가
3가지나 있네요.
보통
한두 갠데...

경계공부,
걱정공부,
사랑공부.
이것들의 특징은
정체성이 약하다는
거예요.

이런 성격을
만들기 위해서는
억압하는 존재가
필요했죠.
사실은 아버지가
라미 양에게는
완벽한 사람이
되어준 겁니다.

이런 사람들은 자기 인생을 '완벽'하게 만들어줄 누군가를 찾아다니고
대부분 체중 문제를 갖고 있으며 무언가에 중독되기 쉬워요.
우리가 이 문제를 마스터 하게 되면 더 이상 문제가 되지 않을 거예요.

아아… 이거 너무 재밌다.

들어본 중 가장
'확실한 해답'이었다.
나는 이 숙제를 풀고
한 단계 성숙하면 된다.
나는 점점 다음 단계의 수업에
욕심이 나기 시작했다.

#

나를 똑바로 들여다보는 일

여러 가지 일들을 겪으면서
처음부터 내가 너무 빠져들게 되는 것은
경계하게 됐다.

재밌긴
하지만…

마음 한 켠에서는 정신과 상담을
제대로 받아보고 싶은 마음이 있었지만
기록이 남을까 봐 겁이 났다.
(기록은 본인 허락 없인 열람 불가능합니다.)

돈이 많이 드는 것도 겁이 났다.
그러던 어느 날 상담자가 수료과정 중의 하나로
무료 상담을 진행한다는 글을 보았다.

운 좋게 선정되어 가게 된 상담 첫 날.

나을 수
있을까요?
이대로 평생을
보낼까 봐
무서워요.

원래는
내담자에게
이런 얘기하면
안 되지만.
저도
폭식증이
있었어요.

라미 씨.
반드시
나을 수 있어요.

그 말은 내게 정말 큰 용기를 줬다.
나와 같은 고통을 겪은 사람,
그것도 영원히 빠져나올 수 없을 것만 같던
지옥에서 벗어난 사람을 선생님으로 만나게 되다니.

누군가 내 이야기를 집중해서 들어준다는 점은 좋았지만
가족의 흉을 보고 내 속 얘기를 한다는 것이
생각보다 큰 스트레스로 다가왔다.
상담이 끝나고 나면 자괴감이 몰려왔다.

나도 잘 한 거 없으면서 가족들 욕만 하다니….
내가 정말 나쁜 년이구나.

게다가 상담 전날만 되면
나아져야 한다는 압박감에 시달리다가
폭식증의 유혹에 휩싸이곤 했다.

스트레스
가기 싫어.
나아진 게 없단 말야…

아무것도 달라지는 게 없는 것 같아서
선생님을 실망시키는 게 두려웠다.
결국 유혹을 이기지 못하고
폭식을 한 날도 있었다.

내가 무슨 짓을…

토하고 싶다.
지금 토 안 하면 엄청 살찔 텐데.
난 안 돼….
평생 이러고 살 거야.
안 돼, 참아야 돼.

상담받는 동안 만이라도 안 하고 싶어.
그럴 땐 울면서 잠을 청했다.
다음 날 온몸이 띵띵 붓고 괴로워도 참았다.

두둥
당분간 거울은 보지 말자.

보통 자학을 하면 친구들이 위로해주지만
난 사실 그런 말들을 잘 믿지 못했다.

나 너무 살쪘지…?
아니야~ 너 정도면 살 안 빼도 돼~
〈마음속〉
거짓말… 그냥 해주는 말이면서.
못난 사람

상담 선생님은 위로를 해주기보다는
그 생각이 진짜인지 같이 알아봐 주었다.

저는 머리가 나빠요.
어릴 때 부모님한테 멍청하단 소리를 많이 들었어요.

아이큐 점수를
들은 적도 없는데
왠지 80이라고
생각하고 있어요.
그러면
우리 다음에
몇 가지 검사를
해봐요.

나는 K-WAIS 검사와 MMPI-II 검사,
그리고 SCT 검사 등을 하면서
나의 부정적인 면을 포함하여 전체적인 '나'에 대해
수치화하고 객관화시키는 작업을 해나갔다.
사실 그때는 이런 검사조차 버거웠다.

맨날
검사만 하고.
상담 효과가
없는 것 같아.

*K-WAIS 검사(웩슬러지능 검사): 단순 아이큐만이 아니라, 인지, 행동, 정서, 사회적 대처기능을 함께 보는 검사.

*MMPI-II 검사(다면적인성 검사): 전 세계적으로 가장 널리 쓰이고 있는 성격 검사.

*SCT 검사(문장완성 검사): 다수의 미완성 문장을 피검자가 자기 생각대로 완성하도록 하는 검사.

하지만 결과는 놀라웠다.

대체로 평균이고
언어능력은
평균 이상이에요.
위기상황
대처능력만
조금 낮아요.

아…

이렇게 점수로 나오니
아닌데, 나 머리 나쁜데… 하면서
다시 자학에 빠질 수가 없었다.

난 쓸모없어.

살고 싶지 않아.

난 뚱뚱해.

난 완벽해야 해.

상담이 진행되면서
이런 작업이 반복됐다.
그것이 사실인지. 왜 그렇게 생각하는지.
선생님이 질문을 던지면 나는 대답을 해나갔다.

라미 씨는 불안감이 많고 부정적인 생각을 많이 해요.
자기를 그렇게 구박하는데 음식으로 사랑받고 싶은 것은 당연해요.
당연해요.

한번은 가까운 사람에게
용기내어 말한 적이 있었다.

나 사실은 폭식증이 있어.
네가 뭐가 부족해서 그래?
너 정도면 뚱뚱한 것도 아니야.
건강하게 살 빼야지. 토하는 건 나쁜 거야.
으이그...

앞으로 이런 말은 절대로 하지 말자 다짐했다.

하지만 지금 내 눈 앞에는
나의 그런 잘못된 행동을 이해해주는 사람이 있다.
그게 비록 그 사람의 일이라 할지라도.

라미 씨가 얼마나 힘들었을까요.

이 사람을 실망시키고 싶지 않다.

이 사람에게 만큼은
난 이상한 사람이 아니다.
그게 얼마나 위로가 됐는지 모른다.
나도 최선을 다하자.

처음에 5회였던 상담은
10회로 연장됐다.

# #
나와 잘 지낼 수 있는 방법을 찾아가다

명상과 심리 상담은 비슷한 시기에 진행됐다.
심리 상담으로는 당시 작은 변화조차 느끼기 힘들었고
명상은 뭔가 깨닫기만 하면
한 방에 모든 것이 해결될 것 같은 기대가 있었다.

항상 벽에 붙어 있는
저 득도(?) 방법이
너무나 궁금하다.
〈프로그램 /비용〉
인생숙제
점수

라미 양,
내가 좀
깎아줄 테니까
수업 들어봐요.
인생숙제랑
돈오 합쳐서
40에 해줄게.

딱 한 번
이야.
이번
딱 한 번만 하고
끝내는 거야.
이건 진짜일지도
모르잖아?

나는 마지막으로 딱 한 번만 더
돈을 걸어보기로(?) 했다.

드디어 돈오를 배우는 그날.

*돈오: 수행 단계를 거치지 않고 곧바로 깨달음에 도달하는 것.

자, 우리가 수영장에 있다고 생각해봐요.
이렇게 머리에서 발끝까지 물이 차올라 있다고 느끼면 돼요.

..?
이게… 끝인가요?

참 쉽죠?

그것은 내가 생각한 깨달음과는

너무나 다른 것이었다.

?
껄
껄

이제
천국 가겠지?
10000
ㅋㅋ

나 혹시…
이런 짓을 한 건가?

생각해보면 모두가 돈만 내면
쉽게 깨달음을 얻고 업보에서 벗어나 성불할 수 있는 거네.
그곳에서 만큼은 내 탓을 하지 않아도 됐다.
그 누구도 죄인이 아니었다.

이건
좀
아닌듯

모두가
각자의 숙제를
할 뿐.
당신은
그럴 수밖에
없었어요.
그러니
원망할
필요가
없어요.

하지만 여기에는 근본적으로 큰 문제가 있었다.
바로 '신뢰할 수 없는 사람'의 말이라는 것.
나는 더 이상 내 인생을 타인에게 함부로 맡기지 않기로 했다.

이제
그만 나가자.

자기계발서에 빠져서 지내온 날들을 생각해보면
'미래에 아름답고 성공한 나'에 대해서만 집중했다.

나중에
날씬해지면,
나중에
성공하면.
그땐 나도
나를 사랑할 수
있을 거야.

그 말은 곧 지금의 나는 사랑받을 가치가 없다고
말하는 것과 다름없었다.
그때의 나에게 미래는
희망같은 예쁜 단어가 아니라
현실도피에 불과했다.

오지 않을 미래를 꿈꾸며
오랜 시간 나 자신을 비난하면서 살았다.
현재의 내 모습을 거부하고
지금이라는 시간을 미워하며 살았다.
나는 오로지 미래에서만 가치 있는 인간일 수 있었으니까.

생각해보면 10kg을 뺐을 때도 나는 나를 사랑하지 못했다.
그때도 미래에 대한 불안뿐이었다.

다시 살찌면
어떡하지?

나를 사랑할 수 있는 시간은 '지금'밖에 없다.
현재의 나만이 나를 위해 노력할 수 있고
나를 위해 행동할 수 있다.

그리고 내가 지금 할 수 있는 가장 올바른 일은 '상담'이다.
아직은 비난하기를 어떻게 멈춰야 할지 모르겠지만
나도 선생님처럼 비난의 목소리에 귀 기울여주기 시작했다.

그 목소리는 없애려고 하거나
무시하면 할수록 더 큰 목소리를 냈다.
오직 가만히 듣고 있을 때만이 그 소리를 멈출 수 있었다.

나는 상담을 통해
나와 잘 지낼 수 있는 방법을 배워나갔다.

지금 느낌이 어때?
그렇구나… 내가 뚱뚱하다고 생각하는구나….

#

선부른 용서는 독

매일 감사일기를 쓴다.

음식을 잘
소화시키는
내 장기들에게
감사합니다.

쾅
국이 왤케 짜!
물 부어 먹어!
아버지가 건강하셔서 감사 합니다.
깨 개 개 갱!
싸우는 거 싫어함.

남자가 소리지르는 것을 들으면 심장이 두근거린다.
온몸이 돌처럼 굳어버리는 것 같다.
나는 숨죽이고 시끄러운 소리가 멈출 때까지 조용히 기다린다.

쿵 쿵
내가 끼어들면
싸움이 더 커지기만
할 뿐이야.

그러던 어느 날 아버지가 약주를 과하게 잡숫고 들어오셨다.

술가져와!!
무슨
술이야.
들어가
잠이나 자!

그날은 나도 이성을 잃었다.

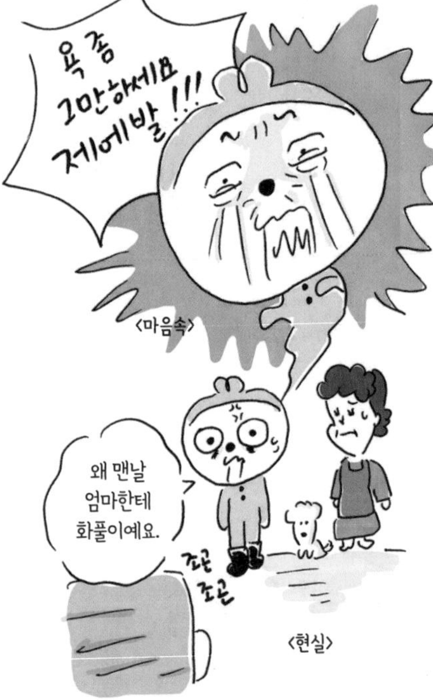
욕 좀
그만하세요
제에발 !!!
〈마음속〉
왜 맨날
엄마한테
화풀이예요.
조곤
조곤
〈현실〉

다른 집 자식들은 백만 원씩 턱 턱 내놓는데.
저년이… 어디서 말대꾸야!
움찔

네가 나한테 해준 게 뭐가 있냐고?!
내가 챙피해서 정말….
다 소용없어
푹 푹
아들이 있어야 돼, 아들!

그놈의 아들 타령 좀 그만해요!
아들 얘기 좀 그만하세요!
아들 있었으면 아빠 맞고 살았을 걸? 다른 집들 봐봐.
이 말 할까 말까…
그 와중에 말 고르는 중

너 왜 그래~
아빠 성격 알면서
네가 참아, 응?

<마음속>
이거 놔아!
왜 맨날 나만 참아야 되는데에!!
칭착
이거놔, 엄마.
나 이제 못 참아.

안 그래도 사는게 힘들어 죽겠는데!
아빠는 왜 상처주지 못해서 안달이야!
부들 부들

뭐 XX아?
이런 XX
XXX
XX아~

말대꾸했다가 돌아오는 건 욕의 향연.
나는 도망치듯 집을 나와
아빠가 잠들 때까지 놀이터에 앉아 있었다.

어릴 때도
그랬지.
어디 갔어!
뽀삐
은비

아빠가 술 취한 날에는 한 겨울이라도
밖으로 도망치는 것이 상책이었다.

악!
퍽
퍽
그만해요!
언니 미안해
언니 미안해
미안해
미안해
미안해

언니가 피가 나도록 맞을 때도
너무 무서워서 방에 숨어 있었다.

그날도…

엄마와 아빠가 싸우다가
단 한 번 식칼을 든 그날에도.

난 아무것도 하지 못했다.

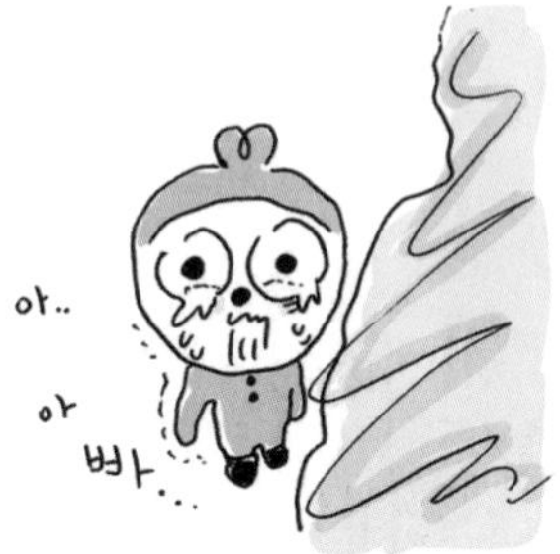
아..
아 빠...

그냥 울기만 할 뿐.

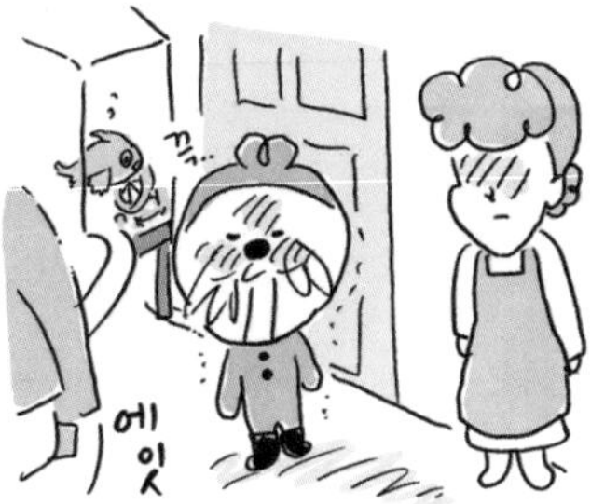
에잇

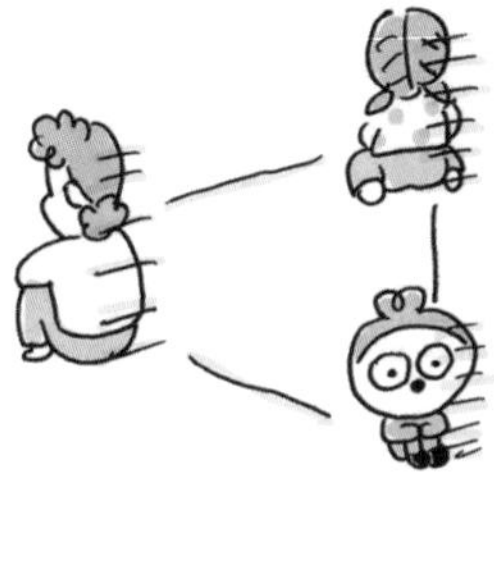

우리는 서로를 위로할
말 한마디조차 나눌 수 없었다.
그저 없었던 일인 것처럼.

그래야만 살아갈 수 있다는 듯이.
그게 가슴에 차곡차곡 쌓여서
이 나이가 되도록 가족을 원망하며 살고 있다.

용서하세요.
그들에게 감사와 축복을 보내세요.
그것이 자신을 위하는 길입니다.

지랄

용서 좋아하네.
안 해. 그런 거.

이제 미워하는 마음이
남아 있지 않을 때까지
마음껏 미워할 거야.

미워하고
욕하고
싸울 거야.

선부른 용서가
스스로에게 독이 된다는 것을
그제야 알았다.

아빠랑은
이제부터
남남이야.
최소한의 자식된
도리만 하는 거야.

작업실을 구하고 아침에 나가서
밤 늦게 들어오자.
잘하려고 애쓰지 말자.

안 그러면.
안 그러면 이 집에서 난 미쳐버리고 말 테니까.

# #
화내도 괜찮아

건강한 정신의 사람이 평지 위에 서 있다면
나는 진흙 구덩이와 평지 사이의 경계선에 서 있는 것 같다.

죽고 싶다.
이대로…

죽고 싶다.
아니야
죽고 싶다.
사실이 아니야
죽고 싶다.
저리 가
아니야
다른 생각
다른 생각을 해야 돼.
뭔가 다른 걸.
그게 뭔지 알아.
가장 쉬운 방법이 있어.

먹으면 돼.

하지만
먹고 나면…

더 깊은
구덩이에
빠지게 될걸.
그건 나중에
생각해….

봐봐.
벌써 마음이
편해지잖아.

그래…
계속 먹어.

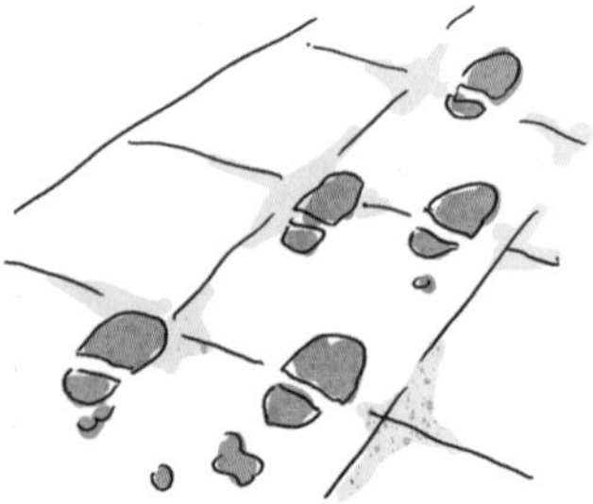

똑
똑

라미 씨
어서와요.

가족을 떠나고
싶은 마음과

가족에게
의지하고 싶은 마음이
대치되고 있어요.

사실은
가족들 간에
많이 의지하고
연결되어
있는데
서로 모르고
있네요.

자기 내부에
화와 분노가
많이 쌓여서
강박적이고
중독적인 증상으로
표출되고 있어요.

이 분노를 분출하면
폭언이나 폭력으로
돌아올 걸 아니까
참을 수밖에 없는 게
힘들어요.
결국 그게
폭식으로
이어지는 것
같기도 해요.
하지만 이렇게 또
가족 욕을 하고 나면
죄책감에 집에 가서
폭식을 하게 되니
너무 어려워요.

라미 씨는 지금
말로 하거나 생각하는
것만으로도
화내는 것에
죄책감을
느끼고 있어요.

가족을 미워할 수 있지요. 미워할 수도 있다, 그것이 가족이라 할지라도. 그리고 그 마음이 불편하다라는, 내 마음을 받아들이고 나 자신을 토닥토닥해주는 것이 중요합니다.
내가 바뀌기도 어려운데 더군다나 가족을 바꾸는 것은 더 어렵고, 내 상황이 힘든데 남을 이해하는 것도 힘들지요.

가족도 엄연한 타인입니다. 내 요인과 상대 요인을 구분하고 그러다 보면 상대는 어찌할 수 없으니 내가 변화하는 힘을 기를 수 있는 방법을 찾게 될 거예요.
라미 씨 잘못이기 때문에 변해야 하는 게 아니라, 그 상황에 더 상처받지 않도록 내 살길을 찾는 힘을 기르는 거죠.

표현해도 괜찮아요.
화내도 괜찮아요.
상담할 때만이라도
그때의 심정,
행동, 생각들을 좀 더
표현해봐요.
내가 문제라면
어떤 게 문제일지,
가족은 어떤 게 문제인지,
늘 머릿속으로 맴돌던 것을
대화를 통해
직접 말해봐요.
어떤 사람이라도
모든 부분이 좋거나 나쁠 수 없고,
좋고 나쁜 부분 그 모두가
그 사람의 일부인 것을
받아들이는 게 중요합니다.
그 사람과 나는
다른 사람이고,
각자의 인생이 있다고
인정하는 것이
그런 거지요.

가족처럼 밀접한 관계일 때는 관계의 분리가 너무나 힘들지만
우리의 목표는 라미 씨가 그 힘을 길러나가도록 하는 거예요.

가족과 나.

관계의 분리.

그것이 상담의 목표가 됐다.

나 사실은 그때 그 말이 상처였어…
그걸 왜 이제 얘기해?

조금씩 화를 표출해보자.

처음엔 어렵더라도.

일단 이 구덩이에 빠지지 않도록

버티는 것부터.

그것부터 시작하자.

★ 나, 너, 우리의 평가를 멈추자 ★

병의 실체를 부인하거나

환자를 몰아세우는 가족들의 무지로

고통받는 경우가 너무 많다.

네가 마음만
먹으면 낫는다!

가족 갈등으로 자살하는 환자들이 있는 반면,

어머니와의 대화를 통해 관계를 재정립하여 치료된 경우도 있다.

(가족에게 도움을 청할지 여부는 상담 선생님과 결정했으면 좋겠다.)

<예상도>
배가
처 불렀구먼!
남들도 다
힘든 거야,
이겨내야지.
나도 언니 외에는
얘기하지 못했다.

예쁘다!
너 왜 이렇게 살이 빠졌어? 예쁘다!
어?
아팠던 건데….

식이장애는 타인의 평가가
발병에 큰 영향을 주기도 한다.
칭찬만으로도
병에 걸린 사례는 많다.

앞으로 친하게 지내자~
헉
이런 관심 처음이야.

그러니 타인에 대한 평가를 멈추고
말랐다고 해서 거식증을 의심하거나
비만이라고 해서 폭식증을 의심하는 행동은 하지 말아야 한다.
이것 또한 폭력이다.

쟤는 거식증인 게 분명해.
헉! 정말….

나만이 내 인생을 바꿀 수 있다. 아무도 날 대신해줄 수 없다.

캐롤 버넷

4장

예쁘지 않을 권리를 말하다

# #
중요한 사람이 되지 않아도 괜찮아

여보세요?
라미야,
잘 지내?
어?
우리 회사에서
알바할래?
3D인데 간단한 거야.
딱 3개월 어때?
우리 월급보다
많이 준대.

어느 날 게임회사에 다니는 동기에게 연락이 왔다.
가진 돈이 바닥나 알바를 해보기로 했다.

회사는
내 평생 절대
갈 일 없을 줄
알았는데….

게임 회사는 처음이었다.
아니, 회사 자체가 처음.

앞으로 3개월 동안
같이 일하게 된
분들입니다.
안녕하세요~

간단한 소개 후 바로 일에 투입됐다.
내가 맡은 업무는 동작이 튀는 부분들을
고치는 일이었다.

이런
부분

매일 같은 시간에 일어나
남들과 한 공간에서 일정시간 동안 일하는 것.
사람들과 같이 점심을 먹고 회식도 하고
매달 일정한 돈이 통장에 들어온다.

여기는 그렇게 하면
안 되고 이렇게~
라이 씨~
앗, 네~
뭔가
마음이
편하네.

내가 못해도 도와줄 사람,
책임져 줄 사람이 있다.

이것은 모두 처음
경험해 보는 것들이었다.

휴게실
다들 내가
알바생이라 그런지
굳이 친해지려 하지
않아서 좋다.

나는 여기서 중요한 사람이 아니다.

나는 이 회사에서
얼마든지 대체 가능한
아주 작은 부품이라네.

그래도 이렇게 살아갈 수 있구나.
내가 중요하지 않아도 되는구나.

뭔가 가벼워.

그동안은 모든 것이 나와 너무도 밀착돼 있었다.
나는 항상 중요한 사람이 되고 싶다고,
그래야 한다고 생각했는데.

라미 작가 단독 인터뷰
인기 작가가 된 기분이 어떻습니까?

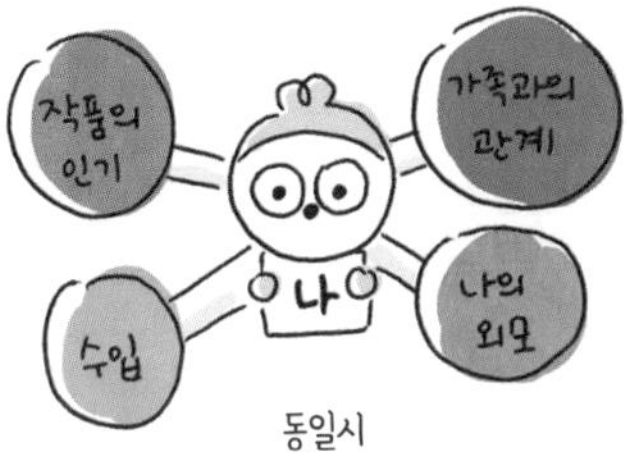
작품의 인기
가족과의 관계
나
수입
나의 외모
동일시

처음으로 그러지 않아도 된다는
생각이 들었다.
나는 나의 강력한 자아와
떨어져 지내고 싶었다.
마침 회사가 나에게 그렇게 할 수 있도록
도와주는 것 같았다.

덕지
덕지
날씬해야 돼.
좋은 사람이어야 돼.
성공해야 돼.
완벽해야 돼.
예뻐져야 돼.

일하고
먹고
자고

이것 외에는 생각하지 않는다.

흐릿~
스쳐가도 자동으로 초점 흐리기.

다이어트는 물론
체중계에도 올라가지 않는다.
거울도 최소한으로만 본다.

상담도 이제 막바지에 이르렀다.

이제 내가 하는 생각이 나 자체가 아니라는 생각이 들어요.
맞아요. 감정도 생각도 나의 일부분일 뿐이에요.

나를 비난하는 내가 있고
그것을 바라보는 내가 있다.
자신을 바라보는 데 거리가 생기니
객관적인 시선이 생겼다.
그러고나니 나를 수용할 수 있는 여유가 생겼다.

나 자신과도 거리와 공간이 필요하구나….
이것을 오랜 시간 동안 깨닫지 못했다.

회사가 나에게 한 꺼풀 외피를 입혀주었다면
상담은 불균형한 감정과잉을 덜어주고
삶의 균형을 잡을 수 있는 힘을 길러주었다.
이 두 가지 덕분인지 구토 횟수는 줄어들었다.

상담이 끝나고
회사 계약이 끝나면 어떻게 될지 두려웠다.
그래도 회사 덕분에 몇 가지 알게 된 것이 있었다.
나는 사람들 속에서 안정감을 느낀다.

회사가 의외로 나랑 잘 맞는다.

그리고…
고정수입의 존재로
마음이 훨씬 안정된다.

중요한 사람이 되지 않아도 살아갈 수 있다.
살아갈 자격이 있다.
이 생각들은 앞으로의 생활을 결정하는 데
적지않은 영향을 미쳤다.

* 9년 만의 연락에도 반겨주시고 상담 부분 대사를 기꺼이 도와주신
김정현 선생님께 감사드립니다.

나만의 규칙 만들기

폭식증 주기는 나빠졌다 저절로 좋아졌다를 반복했다.
상담 무렵에는 줄어들고 있는 시기였고
그 당시에 바로 상담의 효과를 체감하지는 못했기 때문에
한 가지만으로 좋아졌다고 확신할 순 없었다.
그래도 상담을 계기로 이런저런 시도들 중
나에게 가장 적합한 방법들을 찾아나가기 시작했다.

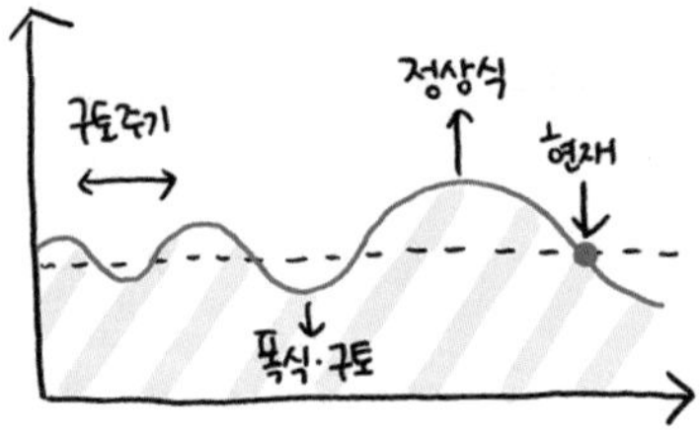

오랜 관찰 결과 스트레스나 불안이 생기면 폭식을 했다.
폭식을 하면 고민이 사라졌기 때문이다.
이 행위가 매우 자극적이기 때문에 (마치 알코올이나 마약처럼)
다른 행동을 하기가 쉽지 않았다.

와구
와구
스트레스·불안
폭식

심리적으로 생각해보면 나에게 있어서 폭식과 구토는
타인에게 의존하지 않을 수 있는 완벽한 방법이었다.

멍~
아…
또 해버렸다.

공포 그 자체
만화그리기
폭식증
아둥
바둥

나는 항상 만화를 그리고 싶다고 했지만
사실은 실패하는 것이 두려워
비교적 쉬운 문제에 집착한 것이었다.

만화를
그리려면 살부터
빼야 돼.
그래야
인정받을 수
있어….
폭식증
문제부터
해결해야
그리지.

폭식을 하는 순간 만큼은 마음이 편해진다.
미래에 대한 불안도 자기 자신에 대한 비난도
모두 잊을 수 있다.

무념무상.
지금 이 순간
음식과 나
둘 뿐….

하지만 아주 잠시일 뿐이고
또다시 폭식에 의존하며 제대로 된 식사를 거부하게 된다.

내가 실패했을 때의 패턴을 생각하며
나름의 규칙을 만들었다.

〈패턴1〉

아침에 단것을 금지하고
세끼를 규칙적으로 먹는다.

그렇게 많이 먹었으니… 다 못 토했으니까 내일 아침은 거르자.
아점으로 단것을 먹는다. (제대로 된 식사에 대한 공포.)
념념
쿠키
…왔다.
항상 저녁에 터진다.

〈패턴2〉

세끼를 규칙적으로 먹더라도
양을 줄이면 폭식이 온다.

꼬르륵
자꾸 뭐가 먹고 싶네.
세끼 다 먹었는데….

〈패턴3〉

음식의 종류를 제한하면
먹으면 안 되는 음식을 먹었을 때
폭식이 온다.

어떡해. 튀김도 먹고 케이크도 먹었어.
아… 오늘 하루 다 망쳤어.

나의 패턴을 분석해보니
규칙적인 식사가 얼마나 중요한지 알게 됐다.
나는 폭식을 안 하기 위한 나만의 규칙을 만들어갔다.

1. 세끼 식사와 간식을 꼭 챙겨 먹는다.
2. 음식의 양은 절대 줄이지 않는다.
3. 음식의 종류를 절대 제한하지 않는다.
4. 다이어트를 절대 하지 않는다.
5. 몸무게를 재지 않는다.
6. 다이어트에 대한 대화는 하지 않는다.
7. 적어도 나 먼저 시작하지 않고
8. 남이 시작하면 적극 참여하지 않는다.

음식에 제한을 두지 않는 이유는
제한을 하는 순간부터 강박적으로 올인하다가
금방 자포자기하기 때문이다.
(폭식증이 있는 사람은 강박에 빠지기가 쉽다.)

또한 규칙을 지키는 데 실패하여 스트레스를 받으면
바로 폭식으로 이어지기 때문에
음식으로 인한 스트레스를 최대한 방지하기 위해서였다.

띠용~

식욕은 본능이다.
본능은 의지로 누를 수 있는 것이 아니다.
누르면 누를수록 튀어 오르는 용수철과 같을뿐.
때문에 나는 폭식증을 겪는 분들이
음식에 제한을 두지 않으면 좋겠다.

물론 살찌는 음식을 먹기가
처음엔 매우 힘이 든다는 것을 안다.
나는 쌀밥은 너무 무겁고 살찌는 것처럼 느껴져서
한 숟갈 이상 먹기를 두려워했다.

먹기
싫어….

하지만 경험으로 반 공기를 먹고
한 그릇을 먹어도
몸무게에 큰 차이가 없다는 것을 알게 되자
점점 받아들일 수 있게 됐다.

피자도
2조각 정도는
살 안 쪄.
참다가 폭식하면
그게 더 살찌니까
지금 맛있게 먹자.

식욕을 인정하고 허용하는 것.
그것이 첫걸음이다.

우리는 무엇이든 먹어도 된다.
충분히 만족스럽고 배부르다고 느끼는 감각.
그것에 집중할 수 있다면
적당히 먹고 멈출 수 있다.
우리는 분명 그런 힘을 기를 수 있다.

딱 배부르고
좋다.
그치?

실패든 성공이든 중요하지 않다.
내 몸과 내면에 귀 기울이고 잘 관리했다는 게 중요하다.

십 년을
참았는데
실패했어.
십 년 동안
폭식증 치료에
성공했어!

실패라고 느껴도 괜찮다.
한 달 정도 참았으면 그다음은 두 달을 참을 수 있다.

두 달이 세 달이 되고 일 년이 되고 십 년이 됐을 때.
그때 우리는 그 시간 동안 실패했다고 말할 수 있을까.

한 번에 성공하는 것이 오히려 비현실적이다.
나는 내 인생을 한 번의 구토로 실패한 것이 아니라
오늘 하루 제대로 된 식사를 하고
내 욕구와 감정을 들여다보는 일에
소홀하여 실수한 것이다.

다시 균형을 잡으며
일상으로 돌아가면 된다.
나는 그저 가장 익숙했던 습관으로 돌아가
잠시 잘못된 선택을 했던 것뿐이니까.

나는 완벽할 수 없는 걸 인정하자.
오늘은 푹 자고 내일은 세끼 다 챙겨 먹어야지.

# #
명상을 배우다

폭식증이 나아지면
열정적인 삶을 살 줄 알았다.
실상은 이제 예전처럼 다이어트만 생각하거나
먹고 토하는 행동을 하지 않게 됐을 뿐.
(이것만으로도 엄청난 변화지만.)

사람은 참 간사하다.
구토 안 한지 얼마나 됐다고 내가 그런 적이 있었나 싶어.

나는 하고 싶은 것 하나 없는
무기력한 나날을 보내고 있었다.
그래도 회사 알바가 끝난 뒤
너무 게으르게 지낼까 봐 새로운 작업실을 얻었다.

스무 명 남짓의 직원들이 일하는 작은 사무실이었는데
회사 사장님이 빈자리 몇몇을 프리랜서들에게 대여해주고 있었다.

안녕하세요~
다른 프리랜서들도
두 명 있었다.
앗, 안녕하세요-

그 즈음엔 일이 소강상태라 개인작업을 했다.
옆에서 열심히 일하니까 자극이 됐다.
오랜만에 그리고 싶은 대로 그림을 그렸다.

〈고양이 엄마〉
〈아빠〉
〈언니〉
〈고양이와 나〉
엄마가 밥주는 길냥이들
〈은돌이〉

그림에 다 쏟아부어~
열심
열심

초등학교 이후로 이렇게 아무 생각 없이 빠져서
그리는 게 처음인 것 같았다.
가족과 나를 많이 그렸는데 이제와 생각해보면
그림이 약간 치유의 역할을 해주었던 것 같다.

〈불안 I〉
〈불안 II〉
〈흑사과〉

그 시기의 그림들.

후련~

이후 간간이 들어오던 책 작업과 캐리커처 일을 하면서
마음 한 켠에 공허감 같은 것이 올라오기 시작했다.

'더 이상 하고 싶은 게 있는지도 모르겠어.
무언가 되고 싶은 것도 없어.'

그저 오늘 잠이 들면
내일 죽기 하루 전의 할머니가
되어 있으면 좋겠다고.
그런 생각만 하는 날들이었다.

뭔가를
해야 해.
불안~
폭식증이
다시 올까 봐
무서워.

더는 사람과 엮이기 싫어서
혼자 명상과 108배를 하기로 했다.
그러던 어느 날 한 대학원에서
위빠사나 수업이 있다는 것을 알게 됐다.

*위빠사나: 현재 이 순간 자신의 몸과 마음을
있는 그대로 알아차리는 수행법.

12주에
35만 원이면
가격도 괜찮고.
앞으로 혼자
계속 하려면
제대로 배워두는 게
좋겠지.
적어도
사기는 아닌 것
같으니까.

위빠사나 수업에
오신 것을 환영합니다.

학생들은 중년 몇 분과
20대 초반으로 보이는
청년 한 명이 전부였다.

명상수업은 생각보다 어려웠지만
배운 대로 관찰일기를 계속 쓰면서
성실하게 숙제를 해나갔다.

일도 잘
안 들어오고.
앞으로
뭐 먹고 살지.

도대체 어떻게
살아가야 하는 걸까.
앞으로 살아갈
자신이 없어.

헉!
안 돼!

옴마니
반메훔
옴마니
반메훔
옴마니
반메훔
옴마니
반메훔

잡생각이 들면 108배를 하거나
'옴마니 반메훔'을 속으로 반복했다.
나에게 있어서 생각은 곧 자학과 재앙의 시작을 의미했다.

불안
걱정
스멀~
스멀~

여러분, 매년 절에서 집중수행을 합니다.
저와 같이 수련할 도반들은 따로 연락주세요.
일주일 동안 명상이 많이 늘 거예요.
흠..

그렇게 내 마지막 여정이 시작됐다.

생각을 관찰하다

여기가…

내가 일주일 동안 머물 곳.

10월이지만
절이 산속이라 매우 추웠다.

첫날은 단식이니 식사를 금합니다.
내일 새벽 4시까지 이곳으로 모이세요.

〈다음 날〉

?!
퉁퉁

명현현상 때문인지 온몸에
두드러기가 올라왔다.

위… 위도 너무 아파요!
데굴
데굴
라, 라미 양은 오전엔 일단 쉬세요!

이튿날부터는 죽을 먹으면서 수행을 했다.

자, 음식을
먹으면서
관찰해보세요.
법사님이 직접
차려주시는구나.

천천히 씹으며 맛을 음미하고
관찰한 것을 기록했다.

<아침공양 7시>
... 죽이 금방 목으로 미끄러져 들어가서
혀가 맛을 좀더 음미하고 싶은 듯
힘을 주어 죽을 앞니 있는 곳으로
모으는 것이 느껴졌다.

음식을 오래 관찰하며 먹으니
더 먹고 싶은 마음이
어느새 사라지고
적은 양에도 만족감이 들었다.

이곳에 있는 내내
모든 것을 관찰하는
연습을 했다.

조미김을 먹고 싶은 마음이 일어남.
의지를 내어 젓가락을 잡고 오른팔을 움직임.

새벽 4시에 기상하자마자
오체투지를 시작으로
좌선을 하고 아침 예불을 드리고
여러 호흡법과 단전 두드리기,
기공체조 등을 하며
하루 3차례 수행을 반복했다.

*오체투지: 불경의 예경법 중 하나로 양 팔꿈치, 양 무릎, 이마 등 5군데 인체 부위를 땅에 대고 절하는 것.

왼발
오른발
왼발
오른발

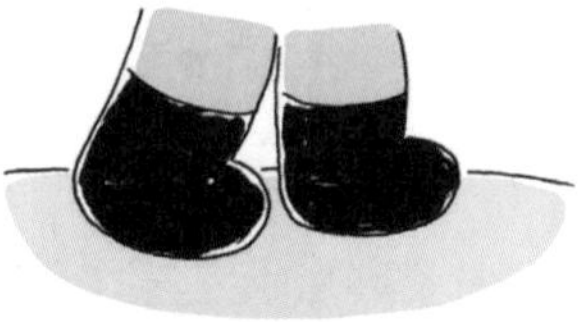

왼발 듦 - 왼발 나아감 - 왼발 내려놓음 - 왼발 닿음

처음에는 가만히 앉아서 관찰하는 좌선보다
걸으면서 관찰하는 경행이 더 쉬웠다.
발바닥이 닿을 때 단단함이 일어나고
차가움이 동시에 관찰됐다.
바닥에 완전히 닿으면서 압력감과 팽창감이 느껴졌다.
이런 식으로 점점 세분화해서 관찰을 해나갔다.

넷째 날부터는 단전호흡을 하는데
미간에 빛이 나타났다 사라졌다 하며 좋은 기분이 일어났다.
손에 열이 돌고 배에 따듯한 기운이 돌았다.

...

라미 양
점점 좋아지고 있네요.
이대로 3년만 하면
도인되겠어요.
장기적으로 하면
좋을 것 같은데.
네?

미얀마에 가면
수행센터가 있는데
그렇게 비싸지
않으니까 큰 부담은
아닐 거예요.
라미 양은
한 1년 정도 수행하면
좋을 것 같은데….

나는 당시 삶에 대한
아무런 욕구가 없었다.

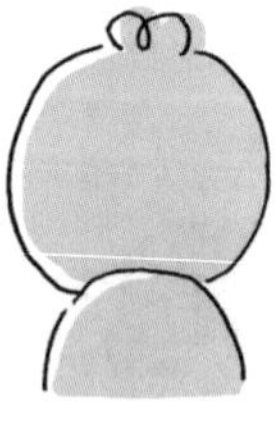

나로 존재한다는 자체만으로도 버거운 상태였다.
그저 조용히, 흔적 없이 사라지길 바랄 뿐이었다.
죽음 외에 다른 방법으로.

그러니 때마침 적절한 제안일지도 몰랐다.

인생의 문

절에서 돌아온 후 매일 108배와 명상을 했다.
작업실에서는 목적 없는 그림들을 그려나갔다.
그때는 그린다는 것이
세상과 이어진 마지막 끈처럼 느껴졌다.
나에게는 여전히 마르고 싶은 욕심을 버리는 것보다
삶에 대한 욕구를 버리는 편이 차라리 쉽게 느껴졌다.

일단 지금은
수행에 집중하자.

미얀마는
법사님 통해서
천천히 알아봐야지.

홀로 명상과 108배를 한 지
100일이 되어가던 어느 날.

지-잉

네- 언니!
라미야, 이번에 두바이에서 캐리커처 일이 들어왔는데~
두바이요?

회사 이름이 두바이예요?
풉

12월에 3주간 진행되는데 나는 후발대로 갈 거야.
설마 내가 아는 그 두바이?

네가 먼저
갈 수 있는지….
고래
갈래요
갈래요
갈래요!
고래
그, 그래~

두바이…!
두바이라니…!
여행과 일
둘 다 할 수 있잖아!
1석 2조!

머쓱..
나…
속세를
떠나고
싶어 했던 거
맞아?

때때로 인생은
전혀 예상치 못한 문 앞으로 나를 데려다 놓는다.
그 문이 행운의 문일지 지옥의 문일지는
열어봐야 알 수 있다.

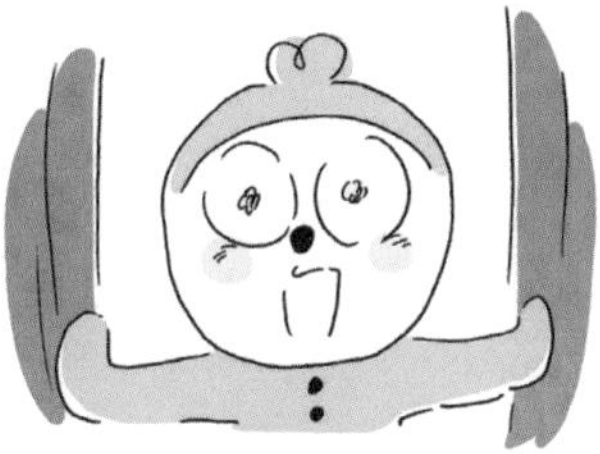

이 문은

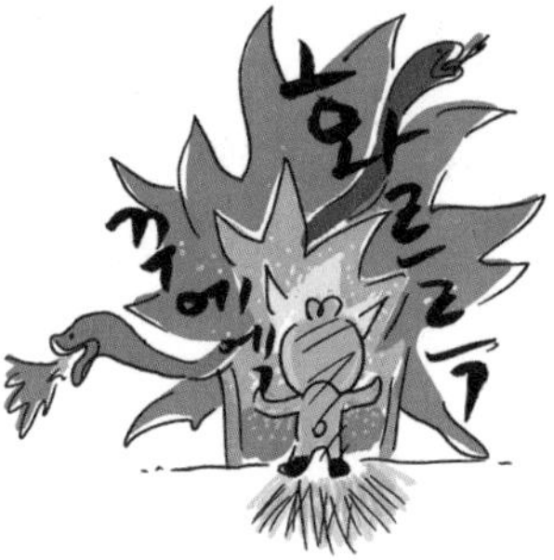
화르르륵
꾸에엑

어떤 문일까?

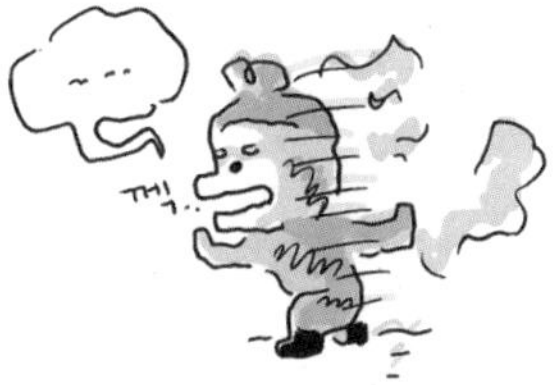
~...
쩍..

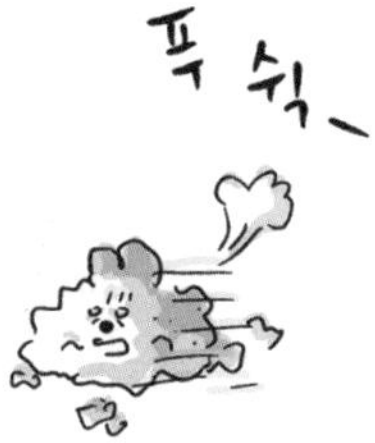
푸쉭~

To be continued…

# #
어느 날 두바이로

새벽 5시.
우리는 두바이 공항에 도착했다.

부푼 마음으로 호텔로 향한 우리는
6시간 대기.

마지막 날까지
예약한 방에 대한
모든 금액을 지불하지
않으면 체크인
할 수 없습니다.
호텔직원

상황은 이러했다.

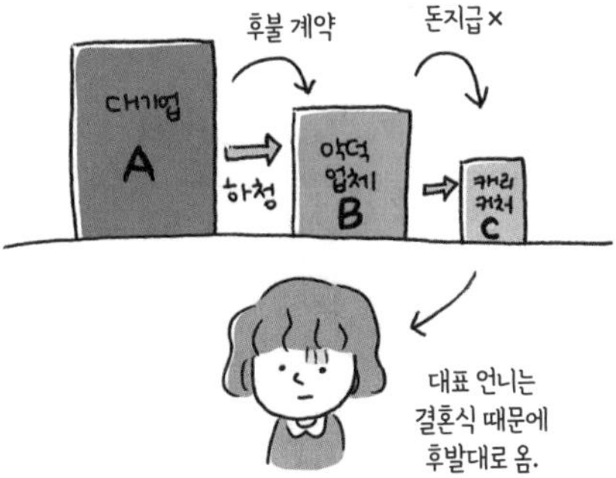
대기업
A
후불 계약
하청
악덕
업체
B
돈지급 ×
캐리
커처
C
대표 언니는
결혼식 때문에
후발대로 옴.

라미야, 호텔은
해결됐는데
내가 갈 때까지
네 돈으로 어떻게 안 될까?
당분간 네가
사람들 좀 이끌어줘.
그래요, 언니!
걱정말고 결혼식
잘 하고 오세요!

라고 말은 했지만

큰일났다.
난 리더같은 거 못 하는데….
쿠궁
작가님들한테 도와달라고 해야지.

작가님들 제가 혹시 말발에서 지면 바로 전화 넘길 테니까 같이 싸워주세요!
그래요, 걱정 마요.

당장 업체와 싸우지 않으면

아예 돈을 받을 수 없는 상황이었다.

카드 받기까지 열흘은 기다려야 하니 돈을 먼저 부쳐주시는 게 맞다고 생각합니다.
여기 지금 호텔 조식이 나가서 먹는 것보다 싼데 만 원이고요, 나가서 햄버거 하나만 먹어도 만 원이 넘는다고요.
식비 오천 원은 말이 안 돼요.

저희도
오천 원짜리
먹는데요? ㅋ
왓?
바꿔줘요.

그건 한국이니까
가능한 거고요.
저희도 서울에선
그 가격에
맞출 수 있죠.
여행사에 전화해서
여기 물가 물어보고
다시 전화하세요!
작가님
멋져요…

하루의 일과는
싸움으로 시작됐다.
난 완벽히 싸우기 위해
만반의 준비를 하곤 했다.

아르르르르르~
중얼
이러쿵 따지고
저러쿵 따지고
얄랄랄라
따지고
중얼
미리 읊어보기.

탕!
준비완료!
간닷!!
<따질것>
뚜뚜뚜_

왜! 아직도
입금 안 해주셨죠?
선빵..!
자꾸 이러시면
A기업에
다 말씀드릴 겁니다.

1인당 하루 만 원이요오?
죽인다
죽일 거야...
말도 안 되는 소리고요,
1인당 300Dh이하는
절대 안 됩니다!!
300Dh
=약 9만 원

A기업에서 제시한 가격
이미 다 알고 있거든요?!
그거보다 적게 부른거니
누구 말 듣는 게 더 이득인지
잘 생각해보시죠!
크큭..
헉..

자, 작가님
괜찮으세요?

괘, 괜찮아요.
어떡...
헉
헉
헉
우리 이제 밥 먹고
일하러 가요.

우리는 두바이몰에서 오후 6시부터 밤 12시까지 일했다.

구부장~
영업용 미소
바 의자를 주다니. 캐리커처 10년 인생 중 처음이다.
사람들이 나를 둘러쌌어…!
게다가 대형TV로 생중계 중.

나는 혼자다….
나는 혼자다….
자기암시 중.

막노동을 한 듯 무거운 몸을 이끌고 숙소에 오면
영수증과 지출금 정리에 새벽까지 잠들 수 없었다.

다섯 번짼데 왜 계산이 다 틀린거얏!
소리 없는 절규.
커어-

자고 일어나면 또다시
모닝 싸움이 시작됐다.

야 이노무
…라고
들린다.
양아치 새뀌들아 아

이 모든 스트레스와 기름진 음식 탓에
장꼬임과 위염에 시달려야 했다.

작가님?!
억
데굴
데굴

쏴아-

1년치 화는
다 내고 갈듯.
여기까지 와서
스트레스만
받고 가긴
너무 아깝잖아?

지금 상황에
너무 푹 빠져 있어.
거리감이
필요해.

내가 지금
화가 많이 났구나.
3인칭 시점

쓰읍…
하…
쓰읍…
하…
호흡에 집중하자…

열심히 싸우되 너무 감정을 소모하진 말자.

우리 오늘은
요 앞 식당에
가볼까요?
좋아요-
좋아요-

여기 엄청 싸네요!
여기 다 맛있어요!!
난
카레 같은
느낌의 요리.
길쭉하고
흩날리는 밥알.
쌀밥도
있고!
맨날 와요!

걱정과 스트레스에서 한 발짝 물러서니
사소한 기쁨들이 발견됐다.

우리 짜이도
마셔봐요!

이거 엄청
맛있고 찐하다!
맛있어요.
우리나라에서
믹스커피 같은 느낌으로
마시는 건가 봐~

신난다!
콸
콸
행복해!!

역시 먹을 때 제일 행복…
어어…?
그래,
먹는 게 이렇게
행복한 거였지?
호록
조금 생소한
기분이 드네.

우리는 일하는 시간 외에는

최대한 많이 돌아다니기로 했다.

버즈 알 아랍

برج العرب

7성급 호텔로
하루 평균 숙박비
750만 원.
우리 여기서
밥이라도
먹을까요?
15만 원
이네요?
그, 그럼
커피만
마셔볼까요?
3만 원?

결국 인증샷만 찍기로.

빵
빵
찰칵
찰칵
줄 서 있다.
거의 단체사진 찍는 수준…

사막투어도 해보고.

촤-!!
꾸엑!!

전통시장에서 물담배도 피워보고.

푸하~
이거
취한다으~

한밤에 아무도 없는
옥상 수영장에서 수영도 해봤다.

이곳에 와서 희로애락을 모두 느끼는 것 같다.

희

파키스탄
백반집

로

업체와의
싸움

애

정산과 노동

락

여행

그리고 이 모든 것들을 겪으면서
내가 감정을 많이 발산하고 있다는 것을 깨달았다.

나는 그동안 너무나 수렴형 인간으로 살았다.

하지만 이것들을 겪으면서
싸워야 할 때 목소리를 내고
필요할 때 도움을 요청하고 즐거우면 웃고 나누고
그때그때 감정을 발산하는 것이
나에게 얼마나 중요한 일인지 알게 됐다.

내게는 오랫동안 제대로 싸워보지도 못하고 억눌린 감정들이
생각보다 더 크고 깊게 숨겨져 있던 것이다.
그리고 그런 말들에 순응해왔던 나 자신.
그동안은 균형이 무너져 있었다.

뭘 잘했다고 울어?
울어도 안 되고
어디서 말대꾸야?
설명도 하면 안 되고
너만 가만 있으면 돼.
뭘 똑바로 쳐다봐?
싸움은 애초에 허락되지 않았다.

나는…
나는 속세가 너무 좋아.

사실은 이 세상이 너무 좋아.
그걸 이제 알았어.

나는 세상을 사랑해.
도시를 사랑해.

이렇게 걷고 또 걸으면서 살고 싶어.

넘어져도 잠시 누워 있어도 괜찮으니까
천천히 나만의 길을 걸어보고 싶어.

호텔도 너무 좋아.
여행도
일도 좋아….

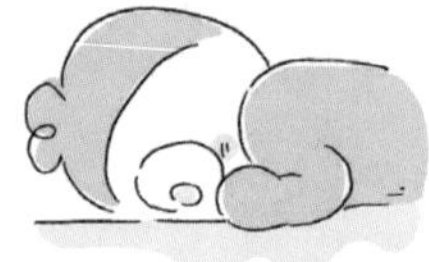

살아 있다.

이게 살아 있는 기분이구나.

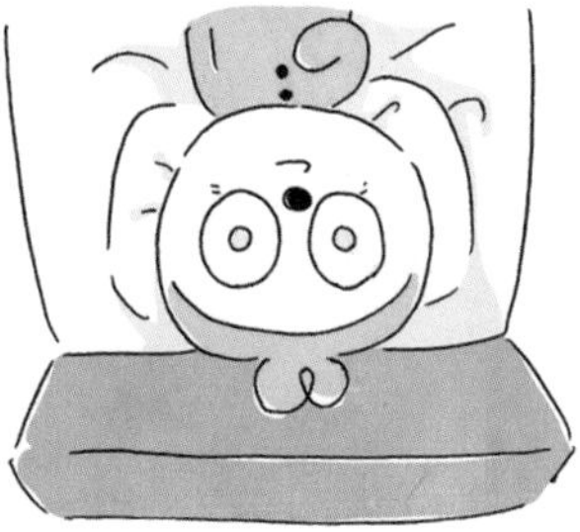

살아 있어서…

다행이다.

#
목적 없는 그림에 대해

두바이를 다녀온 후 새로운 작업실에서
다시 그림을 그리기 시작했다.

붓질을 한다기 보다는 비질을 하는 것 같고
정리했다 널어놓았다 하는 것이
꼭 청소를 하는 듯한 기분이 든다.

목적 없이 그린 그림들을 그냥 두기 아쉬워
무료로 전시할 수 있는 카페를 찾았다.

명함도 처음 만들어보고
액자도 맞추고 (액자 망함)

아저씨! 틀을 1.5cm로 해달라니까 3cm로 하면 어떡해요, 진짜….

여기 어때?
미술 전공자
좀더 오른쪽!

사촌 동생에게 액자 거는 것을
도와달라고 하고

용기 내 몇몇 지인들도 초대했다.

다들 와줘서 고마워요.
전시 축하해-

딸랑

가장 의외의 손님은 엄마였다.

무슨 생각 하시는 거지?
쿵쿵

엄마는 잘 모르겠다는 표정을 지으셨다.

내가 먹자고 한 건 중국식 우동 이었어.
미안.
일식우동

대충 한 번 둘러보고
함께 우동을 먹을 뿐이었지만
마음 한편 어딘가 든든해지는
기분이 들었다.

비록 그림은 한 점도 안 팔렸지만
나도 그림도 세상에 속해
잠시나마 같은 풍경이 될 수 있어서 기뻤다.
아무 의미도 없지만
그래서 좋은 것인지도 모른다.

유의미한 결과를 만들어내야 한다는 강박 없이
무언가를 해본 것이 오랜만이었다.
대학 입학 후에는 학점과 공모전을 따기 위해 그림을 그렸고
졸업 이후에는 계속 인정받기 위해 그려왔으니까.

교수님은 이런 거 싫어하니까 안 돼.

전작을 뛰어넘는 것을 만들어내야 하는데….

인정, 성공, 행복
그런 거 말고.

그냥.
'나'와 결부시키지 말고.
먹을 때도 그냥.

배가 고프니까 그냥.
에너지를 써야 하니까.
지금 먹고 싶으니까.

'그냥'은 '지금'에 집중한다는 뜻인지도 모른다.
명상과 상담, 그리고 많은 시행착오를 겪어왔지만
이 모든 게 '나'에 대한 생각을 멈추는 방법을 배우는 과정이었고
그림이 나에겐 가장 최적의 방법이라는 것을 알게 됐다.

항상 자신에 대해
생각하고 있는 것은
피곤한 일이야.
남들이
날 어떻게
생각할까?
내가 잘 할 수
있을까….
난 아마
안 될 거야….
아냐
난 꼭 성공할 거야!
피곤

그림을 그리는 동안은 나를 잊는다.

그림은 나를 가장 '살아 있는 상태'에 가깝게 만들어준다.

그러므로 나는 그릴 수밖에 없다.
그려야만 한다.

역시 만화를 하고 싶다.
일러스트를 그리더라도 스토리가 담긴 그림을 그리고 싶어.
FRIDAS

너무너무 하고 싶어서 할 수 없었던 이야기.
누군가에게 상처가 될까 봐.
사람들에게 별 볼 일 없는 나를 들킬까 봐.
가장 하고 싶었던 것을 해서
세상에 내보였는데 그게 아무것도 아닐까 봐.
그리고 그런 나를 내가 받아들일 수 없을 것 같아서.

나를 위해
용기를 내보자.

미룰만큼 미루고 외면해왔지만
단 한 번 기회가 주어진다면
하고 싶었던 이야기.
그걸 해야겠다는 결심이 섰다.

제목:
롱롱데이즈
Long Wrong
Days

★ 몸의 다양성을 인정하자 ★

개개인의 노력도 중요하지만

끝없이 날씬함과 다이어트를 부추기는

사회적 분위기 자체를 바꾸기 위해서는 국가가 나서야 한다.

미국은 아예 2월 마지막 주를

'국가 섭식장애 인식 주간'으로 지정했다.

거식증은 미국 청소년들의
만성질환 3위.

프랑스는 체질량지수(BMI)가 일정 수치 이하인 모델을

고용할 수 없는 법안을 통과시켰다.

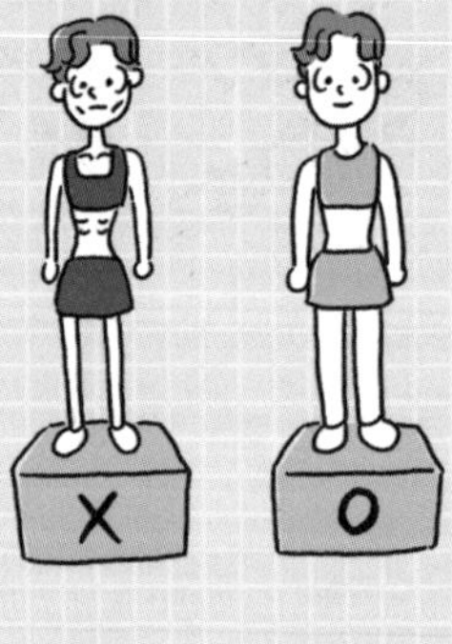

170cm일 경우
54kg 이상이어야 함.
어길 시 징역 또는 벌금.

기업들 또한 획일화된 미의 기준과 신체 사이즈에 대한
사회적 시선을 거부하는 데 적극 동참해야 한다.

다양한 체형의 마네킹과 바비인형을
제작하고 전시한다.

'수정된 사진'임을 꼭 명시하도록
포토샵 고지법을 시행한다.

의류 선택권을 늘리고 몸의 다양성을 보장한다.

이는 모두 '몸의 다양성'을 인정하려는 노력이다.
'몸의 다양성'은 체형, 피부, 머리카락, 장애 등을 함께 포함한다.

내 신체에 감사하는 것이 자신을 더 사랑하는 열쇠임을 비로소 깨달았다.

오프라 윈프리

5장

나를 사랑하는 방법

# #
나에겐 무엇이 중요한가

누군가에게 조언을 할 수 있는 멘토 같은 존재로는
성장하지 못하는 사람.
직접 부딪치고 기어코 몸에 상흔을 남겨야만
겨우 이해할 수 있는 사람.
나는 그런 사람이다.

이해 못 할 때도
많지만….

두바이 만화일기를 보고
그림책 일이 들어왔다.

대단한 걸
하려고 하지 말고
그림일기처럼
내가 할 수 있는
것을 계속하면
되는 거였어.

아…
잘하려고 하니까
선이 너무 딱딱하게
나온다.
역시
일로 하는 건
어렵네.

욕심이 나를 경직되고 오버하게 만든다.
여전히 가끔 폭식의 위기가 찾아온다.
뭔가를 너무 잘하고 싶을 때
좋아하는 사람이 생겨 예뻐 보이고 싶을 때
내가 너무 싫어질 때
불안과 스트레스가 심해질 때.
가끔은 그저 많이 먹었다는
불쾌감 때문에 위기가 오기도 했다.

잘하지 못할 바에야
아예 시도도 안 하겠다는
생각을 버려야 해.

…
오늘!오왈!
오늘은
이미
실패인가.
뭔가
너무 배부르게
먹었나?

나 어떡해
진짜…
지금까지
어떻게
참았는데.
순식간에
음식을 찾아
먹어버렸다.

죽자…
죽어….
박
박
위 아파…
토하고 싶어.

아니야,.
그래도 1년이나
참아냈잖아.
그게
대단한 거야.

과일 먹어!
쓰레기

그래, 괜찮아.
그럴 수도 있지.

안 먹어!!
짜증!!
휘릭~
나 잘 거야!!

토하는 순간
나는 무너진다.
끝장이야.

폭식까지는 회복이 짧다.
구토까지 가면 회복 기간이 길어진다.
그뿐이다. 사실은 끝장도 아니고 무너지지도 않는다.
시간이 지나가길 기다렸다가 다시 노력하면 된다.
나는 이제 그걸 안다.

세상에 밤이 있고 아침이 있고
잠을 잘 수 있다는 것이
얼마나 다행인 일인지.

아침이 되면 지옥 같던 어젯밤의 일도 희미해져 있었다.

퉁
부스스...
퉁

그리
나쁘지 않은
기분이야.
거울은 패스-

선배-
어, 다른 게 아니라 너 혹시 회사 들어갈 생각 있니?

오랜만에 학교 선배에게서
연락이 왔다.

회사에 들어갈 생각은
한번도 해본 적 없었다.

회사요?
어~ 우연히 만난 입시 때 친구가 자기네 일러스트레이터 구한다고 그래서~

한번 생각해보고 연락 줘~
알바는 해봤지만…
난 아마 못 견딜걸.
게다가 난 내 그림을 그리고 싶은데….

라미야,
이 일을 하다 보면
1년, 7년, 10년 차에
고비가 와.
그때만 잘
넘기면 돼.

〈첫 작업실 J언니〉

버텨라.
10년만 버티면
되게 되어 있어.
다들 못 버티거든….

〈만화과 교수님〉

그러고 보니
내가 이제
7년 차구나.
음…
라미야.

회사 가.
가서 아니면
그만두면 되지.
나는
좋은 기회라고
생각해.

이 업계가
워낙에 힘들잖아.
나는 갈 수만 있다면
솔직히 가고 싶어, 회사.

너무너무 잘 그리고
잘 안 될 이유가 하나도 없는
작업실 언니도 생계 때문에 버거워했다.

언제나 내 그림을 그리고
인정받는 것이 더 중요했고
돈이 중요하다고 생각하진 않았다.

성형
다이어트
피부과
성형외과
더 클리닉
안면
윤곽전문
에스테틱

가정
10000
나
돈

그래도… 가정, 나 자신, 돈.
이 셋 중에서는 안정감을 느끼고 싶었고
돈을 선택해보면 어떨지
궁금함과 두려움이 생겼다.
사실상 가정과 나 자신은
선택이 아니라 받아들임의 문제였으므로.

선배~
회사 지원해볼게요.
포트폴리오
메일로 보냈어요.
그래~
추천이라
바로 면접이
있을 거야~

〈면접 당일〉
당신,
정신분열증 아냐?
커뮤니케이션이
전혀 안 되네.
남자친구는?
사귄지
얼마나 됐어?
폭식증 있는지 모름.

압박 면접 후 세 번의 타로카드와

사주를 본 후에야 결정을 내릴 수 있었다.

가는 게
나을 듯.
몇 개월만
다니다
이직해.
돈 없으면
가는 거지 뭐.

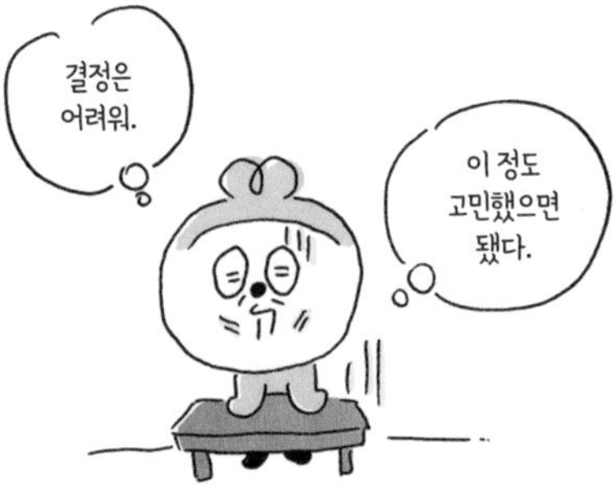
결정은
어려워.
이 정도
고민했으면
됐다.

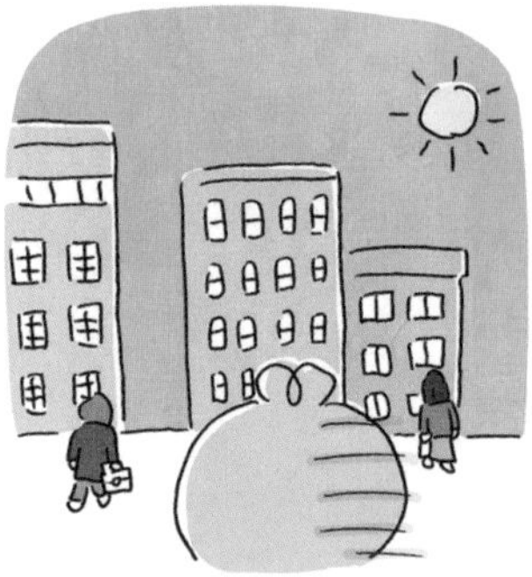

나의 첫 회사.

나는 잘할 수 있을까?

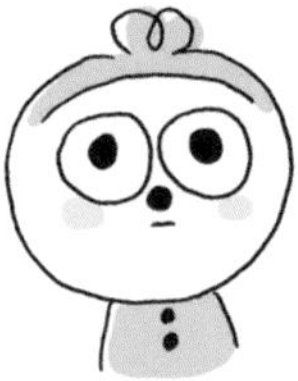

# #
감정의 균형을 잡는다

회사에 입사하고 바로 업무에 투입됐다.

하루 종일
땀 범벅.

같이 일하는 팀원들.

쉬는 시간 담배 피러 감.
밥 빨리 먹음.
저는 따로
간단히 먹을게요.

혼자 밥 먹고
혼자 커피 마시고
혼자 계단을 걸으며 쉬고.

회사와 조금 떨어진 분식집.

이 회사…
정말 마음에 들어!
크하-

회사라는 소속이 있는데
거기서 혼자 프리랜서처럼 일할 수 있다니
완벽해!

또다시 팀이 바뀌고
잘 챙겨주는 팀원들을 만나자
얘기할 기회가 많이 생겼다.

우린 도시락 싸 오는데-
같이 먹어요~
그럼 저도 싸 올게요~

대화에서 거의 빠지지 않는 주제는
'다이어트'였다.

살 빼야
되는데.
다들 말랐는데….
나도
나도-

라미 님은
다이어트 안 해요?
네?!
저, 전 항상
실패해서요.

생각해보니 디자인팀 여자 중에는
내가 제일 통통했다.

다이어트는 이제 안 하기로 결심했지만
해본지 오래됐으니 한번 해보기로 했다.

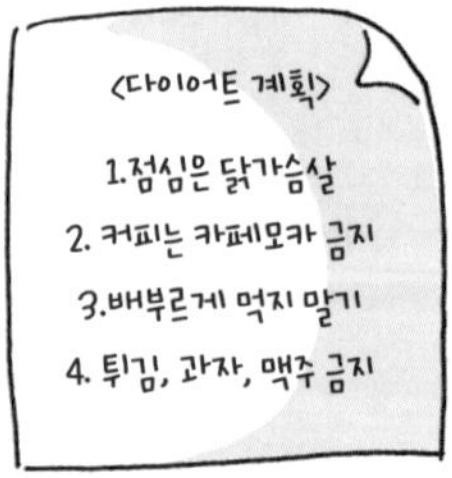
<다이어트 계획>
1.점심은 닭가슴살
2. 커피는 카페모카 금지
3.배부르게 먹지 말기
4. 튀김, 과자, 맥주 금지

나는 한번 하면 완벽히 하려는 습성 때문에
원칙을 정해놓고 철저히 지키려고 한다.
그래서 보통 한 달 안에 무너진다.

껵
매일매일
맥주파티.
사놓은 닭가슴살
소시지는 안주로.

급 우울…
역시 난
다이어트는
안 돼.
강박이 너무
심해져…

다이어트를 결심한 그 순간부터 오로지
먹는 생각에서 벗어날 수가 없었다.

짜장면
먹고 싶다.
평소엔
안 먹고 싶음.
떡볶이랑
아이스크림이랑…

앞으로 절대
휩쓸리지 말아야지.

하지만 사람들이 모인 곳에서는
어디서나 외모품평이 있었다.

ㅇㅇ님
다리 왜 이렇게
얇아졌지?
종아리 보톡스
맞았대요.
나 두 턱 없애는
주사 맞아야
할까 봐.
나도 미간에
주름 없애러
갈 거예요.

다들 자신의 외모에 대해 엄격했고
나도 그래야 한다는 압박감이 들었다.

나도 턱 보톡스와

속눈썹 연장을
받아보았다.

관리를 잘 안 해주니
금방 엉키고
세수할 때 눈이 아팠다.

네일을 받아도
화장을 배워서 해봐도
내가 예쁘다고는
느껴지지 않았다.

왜 이렇게 내 외모에 자신이 없을까.

10kg을 빼고 원하는 몸무게에 근접했을 때에도
자신감은 생기지 않았다.
유지해야 한다는 공포감만 있었을 뿐.

살찔까 봐
무서워.
먹어도 될까?

나 자신을 사랑해야 한다고,
그래야만 다른 사람도 진정 사랑할 수 있다고.
그 말이 내게 얼마나 무거운 족쇄가 됐는지,
나는 있는 그대로 아름답다느니
자신을 사랑해야 한다느니
그런 말들은 내겐 피곤하고 공허하게 들릴 뿐이었다.

당신은 있는 그대로
아름다워요~
으~ 아니요!
아니에요! 절대!
오히려 반발심만 든다고!

왜 꼭 아름다워야 하지?

'모든 여성이 아름답다'는 말은
여성은 아름다워야 한다는 외모강박에서
벗어나게 하는 데 별 도움이 되지 않는다.
나는 아름다울 필요도 여자로 보일 필요도 없는 세상에 살고 싶다.

못생겨도 되고 뚱뚱해도 되는.
그런 걸 신경 쓰지 않아도
지적당하지 않는 세상에 살고 싶다.
그냥 사람으로 존재하고 싶다.

가끔은 아름답게 꾸미고 싶지만
내가 원할 때, 스스로 선택하고 싶지
항상 강요받고 싶지는 않다.

지난번에 입은 치마가 훨씬 여성스러운데.
난 이런 옷이 좋아.

결국엔 여자라면 예쁘고 날씬하고
항상 아름다워야 한다는 사회의 압력이 크다는 것을
회사를 다니며 절감했다.

날씬해지고 싶다.
예뻐지고 싶다.
저도요.

매일 숨 쉬듯 내뱉는 말들.

이것이 정말 나에게, 우리에게 이토록 중요한 일인 걸까?
어릴 때부터 외모에 대한 지적을 더 적게 받았더라면
지금의 나는 좀 더 건강한 사람이 되어 있지 않았을까.

다이어트에 쏟아부은 그 엄청난 에너지와 돈, 그리고 시간…
그것들을 내가 좋아하고 잘할 수 있는 일에 썼더라면.
나는 나를 지금보다는 사랑할 수 있게 되지 않았을까.

차라리 날씬하고 예뻐야 한다는 생각을 없앨 수 있으면 좋겠다.

외모와 상관없이 건강한 정신을 가진 사람들이 부럽다.

나에겐 나를 사랑하는데 쓸
에너지가 남아 있지 않았다.
이제 내가 선택할 수 있는 것은 '안 하기'였다.

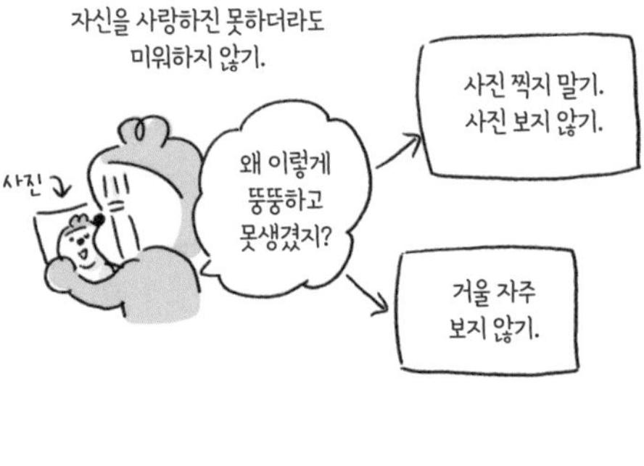
자신을 사랑하진 못하더라도 미워하지 않기.
사진
왜 이렇게 뚱뚱하고 못생겼지?
사진 찍지 말기. 사진 보지 않기.
거울 자주 보지 않기.

다이어트 하지 않기.
몸무게 재지 않기.
나에 대한 비하의 말
남들에게 하지 않기.

이런 행동을 안 하기 시작하자
차라리 나에 대한 관심을 주지 않으면
훨씬 마음이 편해지는 것을 느끼게 됐다.

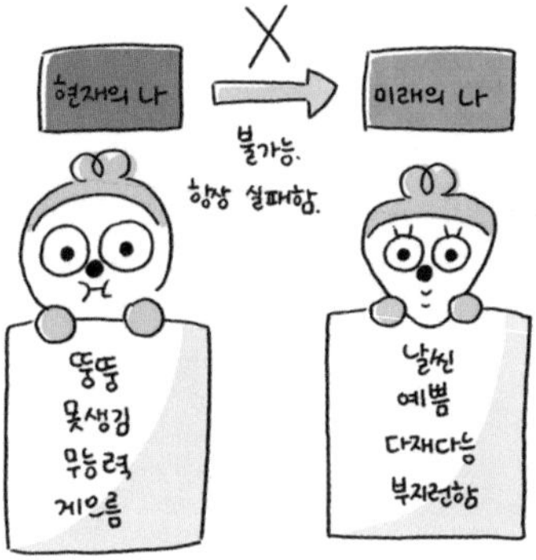

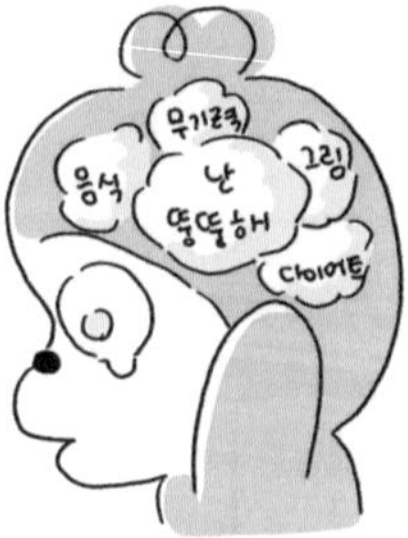

나는 나와 곧 한 몸인 이런 부정적인 생각들과
떨어질 수 없어서 이 생각들에 먹이를 주지 않기 위해
나 자신과 어느 정도 거리를 두어야 했다.
그러기 위해서 생각 말고 행동에 집중했다.

전에는 생각에서 벗어나기 위해 '먹는다'는 행동에 집중했지만
오랜 경험이 축적된 탓인지 이제는 에너지가 제로 지점을 지나
마이너스의 상태가 되면 알아챌 수 있었고
더 떨어지면 폭식이 올 거라는 '촉'이 왔다.
그 지점에 닿기 전에 할 수 있는 '행동'의 목록을 만들어두고
실행하면 감정의 균형을 잡기가 조금 더 수월해졌다.

1. 방 안의 머리카락을 테이프로 줍는다.
2. 설거지를 한다.
3. 엄마를 도와준다.
4. 씻는다.
5. 은돌이를 산책시키거나 놀아준다.
6. 그림을 그린다.

그날그날 기분에 따라 쉽게 느껴지는 것을 골라서 한다.

영화를 보거나 게임을 하거나
맥주를 마시는 것보다는
조금이나마 몸을 움직이는 편이
우울함과 무기력함을 떨치는 데 큰 도움이 됐다.
그러자 나는 나를 사랑하려고 노력했던
(사실은 학대에 가까웠던) 지난 몇 년간보다
나를 사랑하는 상태에 가장 가까워질 수 있었다.

나 자신이 있는 그대로
나를 봐주기만 해도
이렇게 편안해지다니.
어머
웬일~

내가 바라는
완벽한 모습으로
나를 사랑하기보다는
무관심한 게 낫구나.

남들의 외모에 관심이 없듯
나를 남처럼 보기 시작했다.

폭식과 구토에 대한 두려움은
무관심 속에서 점점 옅어졌다.

#

나를 사랑하는 방법

무관심이지만 방임은 아닌 것.

다리 굵다.

우연히 지하철 스크린도어에 비친 내 모습을 봤을 때
'다리 굵다'라는 생각이 들지만
곧바로 핸드폰으로 관심을 돌린다.

얼굴
진짜 커.
치카
치카

거울을 볼 때 '얼굴 진짜 커'라는 생각이 들지만
눈동자에 집중하거나 다른 한곳만 바라보며 멍 때린다.

거울은 아침에 간단한 화장을 하거나
얼굴에 뭐가 묻었는지 확인하는 용도로만 사용한다.

머리는 1년에 한 번
미용실에 가서 파마를 하고,
화장은 최대한 간단히 하다가
지금은 페미니즘의 영향 덕분에
머리도 짧게 자르고
선크림만 바르게 됐다.

옷은 가끔 이성을 잃고 사지만
몸이 불편한 옷은 한 번 입고
버리는 경우가 많아져서
최근에는 교복 같은 유니폼 느낌으로
요일별로 7가지 정도 나오게 준비한다.

기본적으로 1일 1회 샤워,

1주일에 1회 빨래를 지킨다.

허리통증이 있으므로

운동에 들이는 비용은 아끼지 않는다.

음식에는 절대로 제한을 두지 않는다.

그것이 내가 가장 적게 먹는 유일한 방법임을

오랜 실패를 통해 깨달았다.

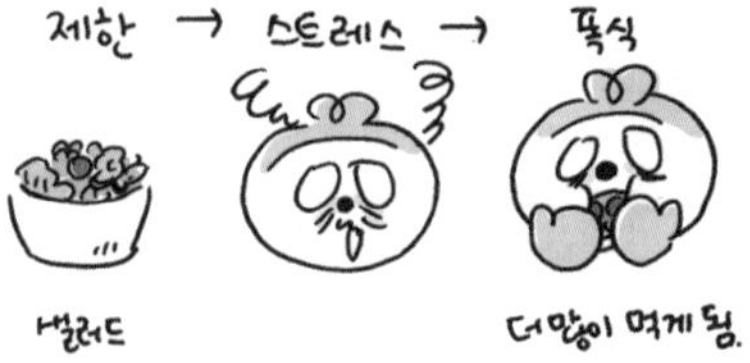

어떤 사람은 나를 보고 외모에 무관심하다고 말하곤 하지만
이것이 내가 '정상적으로' 살아갈 수 있는 최선의 방법이다.

폭식
건강

<강박의 강>

서른 중반을 넘긴 나는
이제 외모 말고 다른 것들에 더 많은 투자를 하고 싶다.

10분 더
자고 싶다.
15분이면
은돌이 산책도
시키는데.
톡톡
멍!

나는 이제 화장하는 시간이 아깝고
외모에 너무 많은 비용을 지불하는 것에 거부감을 느낀다.
내 체력은 한정되어 있어서
외모에 에너지를 들이는 만큼
다른 것에는 필연적으로 소홀해질 수밖에 없다.
나는 외모가 전부인 사람처럼 살고 싶지 않다.
여전히 가끔 내가 아름답고 날씬했더라면
좀 더 쉬운 인생을 살지 않았을까 상상해보곤 한다.
하지만 이제 그것은 불가능한 일임을 인정한다.

내가 좋아하는
것에만 집중하고….
사람들도 내게
상냥하지.
와! 멋져!

아마도 나는 앞으로도 평생
내 몸을 혐오하는 생각을
없애지는 못할 것이다.

거의 반사적으로
튀어나오는 생각.
헉...!
뚱..
아니야
아니야

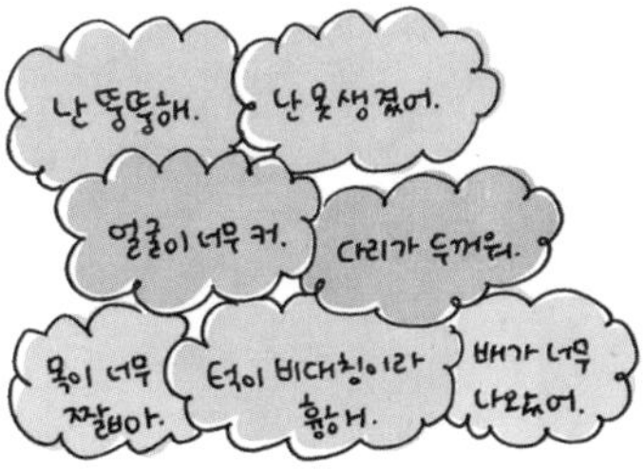
난 뚱뚱해.
난 못생겼어.
얼굴이 너무 커.
다리가 두꺼워.
목이 너무 짧아.
턱이 비대칭이라 흉해.
배가 너무 나왔어.

수많은 부정적인 생각에 휩싸여 있지만
다른 한편에 이런 내 몸을 안쓰러워하고
고마워하는 마음이 있다.

부정
긍정
처음엔
요만큼 있었다.

내 두 다리가
튼튼해서
다행이야.
이거 나.
손목 시큰~
허리 찌릿~
디스크 직전이지만
은돌이를 안아줄 수
있으니 감사해.
못생긴 손이지만
아직 관절염은 없으니
다행이야.

이런 생각은 사실 거의 아플 때만 찾아오곤 하지만
요즘은 의식적으로 더 많이 하려고 노력한다.

예쁘다고 느껴지진 않아도
다른 사람들이 편안해하는
얼굴인 건 좋아.

그렇게 구토를 많이
했는데도 병나지 않은
내 치아와 식도와 위에
감사해.

한 해 한 해 지날수록 체력이 점점 줄어들어서
무기력할 때가 많아지자
내가 하고 싶은 것들을 하기 위해 체력을 키우고
내 몸을 돌봐야겠다는 생각이 들었다.
그러자 내 몸을 남들에게 보여주는 대상이 아니라
나를 나로서 기능하게 하는 신체로 인식하게 됐다.

<은돌이 산책>

<전시>

<여행>

헉. 내 팔뚝
진짜 두껍다.

하지만 가끔
내 몸이 혐오스러워질 때가 있다.
예전 같으면 우울했겠지만
나는 내 팔로 그림도 그릴 수 있고
맛있는 밥도 먹을 수 있고
운동도 할 수 있고
일하고 돈도 벌 수 있다.
그렇게 생각하니 내 팔이 고마워졌다.

튼튼하고 멋진
내 팔….
고마운
내 팔!

때때로 폭식의 유혹이 찾아올 때도 있지만,

쿵
이 느낌은…!

나도 이제 오랜 연습으로 대응력이 높아졌기 때문에
그럴 때면 현재 내 감정이 어떤지
내가 지금 어떤 욕구를 느끼고 있는지
파악하려고 노력한다.

요새 야근을 많이 해서 에너지가 바닥이야.
나도 모르게 은근히 음식을 제한했어. 내일은 먹고 싶은 것을 먹자.
잠도 부족하고 요즘 너무 일만 했어. 저녁엔 보고 싶었던 영화를 보러 가자.

보통 수면욕, 식욕 등을 잘 채워주고
취미나 문화생활, 친구와의 수다 등을 하고 나면
에너지가 다시 차오르는 것이 느껴진다.

〈코인노래방〉
〈전시〉
〈친구와 수다〉

제때 먹고 제때 자고
잘 움직일 수 있게 스트레칭해주고

먼지 끼고 때 안 타게 닦아주고
과열되고 고장나지 않게 무리하지 않는 것.
이런 생활이 자리잡아 가자 사람들에게도 덜 휘둘리게 됐다.

같이 다이어트 하자.
난 이제 다이어트 안 하려고.

이런 것이 나를 사랑한다는 것일까?
나는 내게 '사랑해'라고 말하는 것보다는
나를 '돌봐주는 행동'을 하는 것에 대한 만족감이 컸다.
누군가에게 받는 사랑도 좋지만
내가 나 자신이 원하는 선물을 하고,
배고플 때 먹여주고, 피곤할 때 쉬게 해주고,
힘들면 누구보다 먼저 위로해줄 때
가슴 뭉클한 감정을 느꼈다.

나는 나 자신과 새로운 관계를
재정립해나가고 있었다.
나와 거리를 두고 타인으로
대할 수 있게 된 덕분이었다.

이번 생은 너를 만나고
너의 몸을 빌린 거야.
잘 쓰고 돌려줄게.
이렇게 만나게 된 거 잘 살아보자.

차곡차곡 저축된 에너지로
연재를 다시 시작할 수 있었다.

이제 그럴 수
있을 것 같아.

#

의지의 문제가 아니다

언니가 보면
상처받을 게
뻔한데.
부모님은
못 보시지만…
(인터넷 잘 모르심.)

만화를 그리기로 결심했지만

가족을 부정적으로 그리는 부분이 마음에 큰 걸림돌이었다.

몇 개월, 몇 년을 이 고민으로 미뤄왔다.

누군가를 상처주면서까지
만화를 그려야 할
이유가 있을까…?

그럼 가족 얘기는
빼는 건 어때?

음…
어쩔 수 없이
언니를 나쁘게
그리긴 했지만
아마 대부분의
사람들이 비슷한
반응을 보일 거야.

보통 토하는 걸
발견하면
화를 내거든.
아끼니까,
화내는 마음도
있다는 걸 알지만.

식이장애가 있는 사람들이 가장 먼저 가족에게 거부당하면 더욱 더 고립될 수도 있어.
쟤는 왜 저런지 몰라.
누굴 닮았는지.
안 토하면 되잖아.
역시 이해받지 못하는구나.
환자의 가족들뿐만 아니라 일반 사람들도 식이장애에 대해 알았으면 좋겠어.

우울증이
의지의 문제가 아니듯이,
이 병도 다른 질병처럼
본인의 탓이 아니라는 걸.

병이 있다.　　병원에 간다.

나는 식이장애도
교통사고같이 갑작스러운 충격이나
암처럼 주변의 환경적 요인이 쌓여서
생긴 병이라고 생각해.

단지 다이어트
때문만이 아니라….

하지만
그 병을 앓는 동안
내가 계속 생각해
온 것은 이런 거야.
난 왜 이렇게
의지가 약하지?
난 왜 폭식을
멈추지 못하지?
왜 구토를
제어하지
못하지?
왜 이렇게
게으르지?
왜 날 통제하지 못하지?

이런 생각들은 적절한 치료를 받지 못하게 스스로 고립시켜.
이 병은 오히려 날 통제하려고 해서 생기는 병이라고.
사람들에게 이런 말을 들으면 난 이해받지 못한다는 절망감과 수치심, 죄책감 때문에 아무런 도움도 요청하지 못하고 증상이 더 악화되곤 했어.

네가 뭐가 부족해서 그래?
또 그러면 정말 화낼 거야!
건강하게 빼야지.
빼니까 예쁘긴 하다.
나도 거식증이라도 걸리면 좋겠다.
그래도 부모님을 탓하면 안 돼.
힘내. 그러지 않도록 노력해봐.
나도 가끔 토해봤는데 큰 문제는 아니야.
너한테 뭔가 원인이 있지 않을까?

이런 말은 하면 안 된다는 걸 알리고 싶어.
식이장애에 대해 말한다는 건 정말 정말 큰 용기가 필요한 일이니까.
작은 신호가 무시당하면 도움을 요청하거나 치료받기가 더 힘들어질 거야.

그럼,
하면 되겠다.
더 이상 고민하지 마.

나는 다른 사람들을 설득하면서
스스로 점점 확신을 가지게 됐다.

하자!
으…응!

#

서로의 감시자가 되지 말자

입사 5년 차.

어느새 과장이 됐다.

마지막으로 폭식과 구토를 한 지 8년이 지났다.

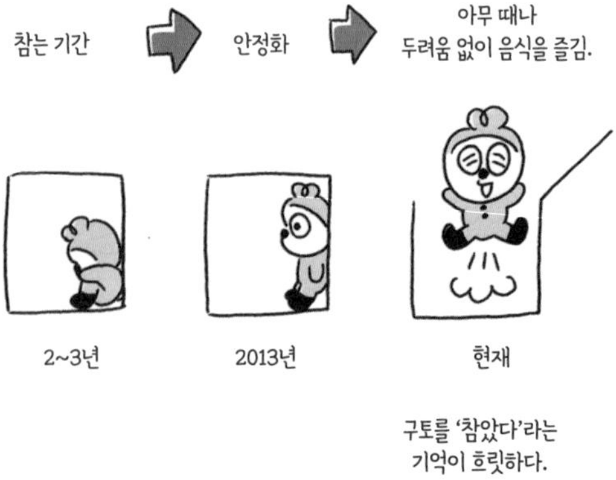
참는 기간
안정화
아무 때나
두려움 없이 음식을 즐김.
2~3년
2013년
현재
구토를 '참았다'라는
기억이 흐릿하다.

마지막 다이어트는 작년 초.
저탄수 고지방 다이어트 열풍이 불었을 때였다.

짜장면!
떡볶이!
치킨!
김치볶음밥!
고탄수 고지방 됨.

한 달간 3kg을 빼고 요요가 왔고
그 뒤로 하혈이 잦아졌다.

이제 내 평생
다이어트는
절대로 안 한다.
생리대 상비.

이따 점심 뭐 먹지?
저녁에 맥주 한 캔 마실까.

매일 반복되는 사소한 고민과
밤마다 찾아오는 후회.

넷플릭스
만화 그려야 되는데.

지루하고 게으르게 흘러가는 이 일상이 8년 전의 내가
그토록 꿈꿔오던 삶이었다는 생각이 들면 생경해진다.

이제 이런 생각만이라도 안 할 수 있다면….

그땐 다이어트와 음식에 대한
생각을 안 한다는 게 어떤 건지
상상할 수조차 없었으니까.

여기서 나아져 봤자
별로 달라질 게 없을 것 같아.
〈과거의 나〉

아마도 그런 생각 또한 병의 증상이었을 것이다.
나에게 식이장애란 외롭고 수치스러운 병이었다.
아니, 병이라고 인정받을 수조차 없었지.

편하게
살 빼려고
토하는 거 아냐?
토하는데
너는 왜 통통해?
건강하게
빼야지...
쯧쯧

그러게.
식이장애가 있다고 말하면
대부분 말랐을 거라
생각하니까.

* 폭식증의 경우 정상 체중과 비슷한 경우가 많다.

하지만 나는 이제 안다.
나는 아팠고, 의사의 도움이 필요했고,
아픈 것은 내 잘못이 아니었다.

내 잘못이 아니었다.
나는 이제 분명하게 말할 수 있다.

하지만 주변 사람들이
식이장애를 오해하고 있다면?

다이어트에
중독된 사람.
자기관리 못하는
게으른 사람.
음식에 집착하는
미련한 사람.
식이장애가 있으면
말랐을 거라는
생각 혹은 그 반대.

식이장애에 걸리는 이유는
단순히 외모만의 문제가 아니라 다양하다.
이 병의 심리적 밑바탕엔
'자기통제'가 존재한다.

< 여러 요인들 >

완벽주의적 성향.
자신감부족.

가족내불화.
신체적학대.
부모의 과도한 기대.

자기 삶에 대한
통제력을 발휘하고 싶을 때
다시 말하면,
자기 삶이 뜻대로 안 되고
절망적일 때.

먹는 것을 통제함으로써
자신의 '힘'을 확인하는 것이다.

나의 경우 복합적이긴 하나 사회문화적 요인이 컸다.
나는 자라면서 내 몸이 '나의 것'이라는
느낌을 받은 적이 거의 없었다.

나는 잠재적 연애, 결혼 대상자였고
항상 남자들이 좋아할 만한
몸매를 유지해야 한다고 생각했다.

살 빼!
꾸내애
액~

마스카라가 뭉쳤잖아.
좀 꾸미고 다녀.

살이 찌면 지적받았고
빠지면 칭찬받았으며
화장을 하면 한 걸로
안 하면 안 한 걸로 지적받았다.

가족부터 친구들, 사회 전체가
내 몸에 대한 평가를 멈추지 않으니
외모에 온 에너지를 쏟아붓고
그만큼 무력감을 느끼는 게 당연했다.

사회가 제시하는 '미美'란
'달성 불가능'에 가까웠으니까.

난 저기에
속할 수 없어….

나는 이제
내가 사랑하는 이들에게는
부탁한다.

나도 다이어트 해야 되나
나는 어때 보이나
압박감이 들어서.
음… 미안한데
나는 그런 얘기 들으면
내 몸까지도 검열하게
돼서 힘들어져.
으… 다이어트해야
하는데
나 살 많이 쪘지?
부탁인데 내 앞에서는
외모에 대해 말
안 했으면 좋겠어.

오래 고민했고
말하면서도 미안했다.

그냥
너한테만
푸념하는건데….

나는 모두가 외모에 대한
얘기를 멈췄으면 좋겠다.
우리에겐 외모 말고도
이야기할 것이 얼마나 많은가.

인종
흉터
다이어트
성형
몸매
화장
주름
피부
몸무게
장애
피부색

그 영화
좋더라~
응, 재밌지!
맞다,
나 좋은 적금
하나 들었는데~

좋아하는 것에 대해서,
우리의 힘을 유용하게
쓸 수 있는 곳에 대해서.

이제 내게는
외모 얘기를 하지 않는
친구들만 남았다.

폭식증을 겪으면서 그 친구들의 존재가
얼마나 소중했는지 모른다.
내 외모와 상관없이 언제나 내 곁에 있으리란
믿음을 절로 갖게 했으니까.

내가 외모 얘기를 듣지 않고 자랐으면 어땠을까.
적어도 지난 과거보다는
의미 있는 시간을 보냈을 것이다.
내 과거를 바꿀 순 없지만
이제 더 이상 부끄러워하지도 않는다.

나는 이제 또 다른 꿈을 꾼다.
그것은 바로
아름답고 날씬한 몸매를
유지해야 한다는 사회의 압력을
거부하고 깨부수는 것.

세상을 바꾸긴 힘들지만
내가 할 수 있는 작은 일 한 가지가 있다.
남들에게 외모에 대해
평가하지 않는 것이다.
칭찬이든 비난이든
걱정이든 무엇이든.

안녕-
어? 너…
헉. 살 빠졌냐고
할 뻔했어….
차라리
닥치자.
생각보다 훨씬 어렵다.

외모에 대한 말을 하지 않는 것만으로도
많은 사람과 자신까지도 안전하게 지킬 수 있다.

다행이다.
살쪘다고 하지 않아서.
이 사람 앞에서는 무리하지 않아도 될 것 같아.
외모로 날 판단하지 않을 것 같아.

외모에 대한 언급을 줄이는 것만으로
외모에 대한 생각을 줄일 수 있고
그만큼 스트레스를 덜 받고 자기비하를 멈출 수 있다.
그 에너지만큼 우리는 더욱더
능력을 펼칠 수 있고 그래야만 한다!

이제 보톡스도 안 맞고
옷도 덜 사니 유기견 보호소에 기부해볼까.
적금도 늘리자.

서로의 감시자가 되지 말고
서로의 든든한 보호막이 되어주자.

당신을 사랑하는 이가
외모에만 신경 쓰도록 하지 말자.
사랑하는 이의 변치 않는 어떤 점을
사랑한다고 이야기해주자.

네가 활짝 웃는
모습.
좋아하는 것에
집중할 때의 모습.

그럼 세상은 변할 수 있다.
적어도 당신의 세상은 변할 거라고 확신한다.
당신과 내가 실천하는 바로 그 정도만큼.

#
이런 나도 괜찮다

식이장애를 겪으면서
가장 힘들었던 것은 '외로움'이었다.

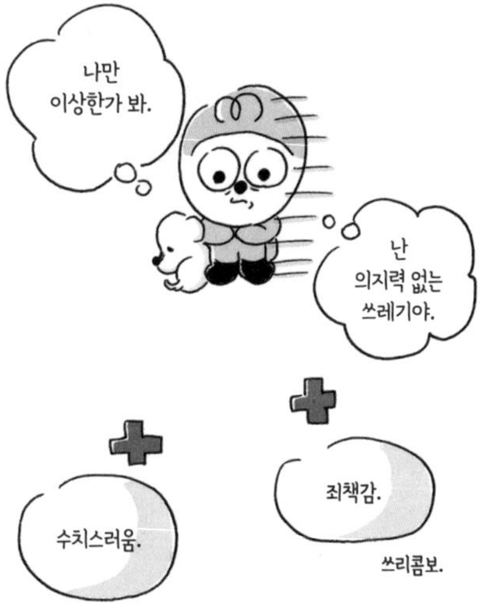
나만
이상한가 봐.
난
의지력 없는
쓰레기야.
죄책감.
수치스러움.
쓰리콤보.

나 같은 사람이 있는지 궁금했고
있다면 다들 어떻게 극복하는지 궁금해서
인터넷 커뮤니티에 가입한 적이 있다.

하지만 서로의 상처에 대해
나눌 수 있을 거란 기대완 달리,
커뮤니티 안에서도
마름을 우상시하는 분위기와
위험한 팁들을 공유하는 것을 보면서
오히려 악영향을 받기도 했다.

폭식증인데 차라리
거식증 걸리고 싶어요.
전체글
즐겨찾기
변비약 먹고
1kg 줄음 ㅋㅋ
수액 맞는데
칼로리가 무서워요.

그래도 나와 비슷한 사람들이
주변에 많다는 것을 알 수 있어서
약간은 안심이 됐다.

이렇게
많다니….
절망감도 함께
느꼈지만….

나는, 우리는, 왜 이렇게 숨어서 고통받아야 하는 걸까.
병에 걸렸는데 왜 아프다는 말조차 할 수 없을까.

나처럼 혼자서 아무 도움도 청하지 못하고
조금씩 무너져가는 사람들을 위해
내 경험을 나누고 싶었다.

파스스..

나도 당신처럼 아팠어요.
당신 탓이 아니에요.
그냥 병일 뿐이에요. 치료받으면 돼요.

식이장애를 고백하는 순간,
환자들은 비난을 감수해야 한다.

토할 거면
먹지를 마!
너 너무
말랐어.
안 예뻐
보이니까
그만 빼.

암에 걸린 환자에게
비난을 퍼붓는 사람이 있을까?

그러니까
운동 좀 하지!
맨날
인스턴트 먹어서 그래.
관리 좀 하지~

있다 해도 우리는 이런 사람들을
공감능력이 매우 떨어지는 사람이라 생각할 것이다.
하지만 식이장애에 대해서 만큼은 많은 사람이 가혹하다.
이제 대부분 우울증이 의지의 문제가 아니라는 것을 아는 것처럼
식이장애 또한 그렇다는 걸 많은 이들에게,
특히 환자 본인에게 알리고 싶었다.

의지의 문제 X → 정신질환 O

작가님 만화를 보고
치료받아 보려고요.

가장 기쁜 댓글이 만화를 보고
치료를 결심했다는 글이었다.

마지막 폭식증과 구토 이후로
8년이 지났지만 나는 완치라고 생각하지 않는다.
극도의 스트레스를 받으면
여전히 폭식의 유혹이 들기 때문이다.

하지만 그래도 괜찮다.
다시 증세가 시작되면 한치의 망설임 없이
정신과 치료와 상담을 받을 것이다.

이제 나는 안다.

병은 병일 뿐 병에 매몰되지 않고도

일을 하고, 먹고, 쉬고, 내 삶을 꾸려나갈 수 있다.

병과 함께 살아갈 수 있다.

치료를 통해 그 방법을 배울 수 있다.

이 책을 그리면서
몇 번의 고비가 왔지만
그만두지 않을 수 있었던 것은
댓글들 덕분이었다.

다시 힘내서
그려보자.

그러니 여러분 모두가
이 만화를 함께 만든 것이다.

익명의 독자들.

축하하자 우리.
그리고 다 같이
한 걸음 내딛자.

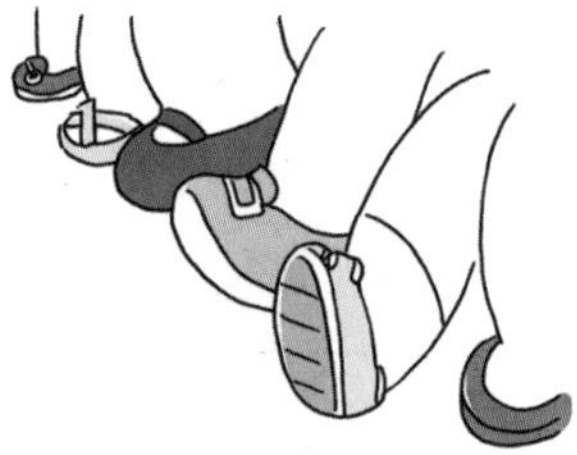

우리 앞에 무엇이 있을지 모르지만
이 터널을 통과하면 당신은 끝내
당신만의 의미를 찾아낼 수 있을 것이다.

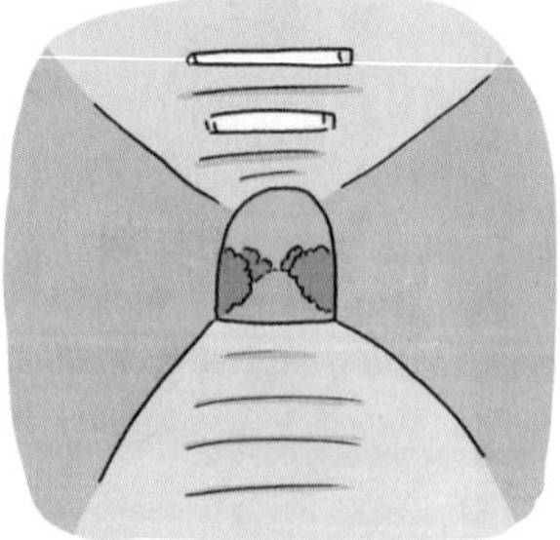

그 끝에 다 같이 만나
우리의 건강을, 살아 있음을 축하하자.
바뀐 세상을 기뻐하고 음미하자.

기다리고 있겠습니다.

★ 나답게 살아가자 ★

우리 모두 함께 건강하지 못하게 하는
사회적 환경에 맞서 싸워야 한다.

나아질 희망이 없다고 느낄 때,
더 이상 아무 노력도 하고 싶지 않을 때,
'나는 무능력하다'라는 생각이 들겠지만
바로 그것이 이 병의 핵심 믿음이다.
거짓된 믿음. 치료를 통해 바꿔야 한다.

여자도 사람이다!
우리에게 날씬함을 강요하지 마라!

살아갈 이유를 찾기 힘들다면
차라리 세상에 화를 내자.
우리 같이 손잡고 함께 싸우자.

화장이
당연하지 않은 삶.

외모로
지적받지 않는 삶.

우리 그냥 함께
한 걸음만 내딛자.

당신과 내가
'나답게'

여성으로서가 아니라 '사람답게'
'자유롭게' 살 수 있는 사회를 만들어보자.

에필로그

진짜 나의 삶을 마주하다

“날씬해지기 전까지는 진짜 삶이 아니다.” 오랜 시간을 이렇게 생각하며 살았다. 꿈을 이루려면, 사랑하는 사람을 만나려면, 나는 48kg의 완벽한 내가 돼야 했고, 그 일에 몰두하느라 정작 인생에서 중요한 것들은 저만치 미뤄놓고 있었다.

불가능한 목표에 도달하느라 소모된 시간들은 무가치했고 나는 쓸모없는 존재가 됐다. 내 삶을 낭비했다고 믿고 싶지 않았기에 나는 더더욱 다이어트에 집착했고 ‘완전무결한 내’가 돼야 그다음의 삶이 존재할 거라 생각했다.

돌이켜보면 나는 힘을 갖고 싶었다. 나는 아름다움이 곧 힘이라 생각했고, 평생 그것이 정답이라고 생각하며 자랐다. 가정에서, 사회에서, 나 자신에게조차 안정감을 느낄 수 없었던 나는 나 자신에게라도 힘을 휘두르고 싶었다. 결국 이것은 8년 동안이나 나를 괴롭힌 폭식증과 식이장애로 발현됐다.

이제 나는 내 몸을 통제해야 하는 대상이 아닌 나로 살 수 있게 해주는 고마운 존재로 인식한다. 서른이 넘어서야 아름답지 않아도 살아갈 수 있고 아름다울 필요도 없다는 사실을 알게 됐다. 날씬하고 아름다워야 한다는 강박에서 벗어나니, 나를 그 어떤 수식도 필요 없는 있는 그대로 존재해도 되는 사람이라고 생각할 수 있게 된 것이다.

몸의 아름다움에서 몸의 기능으로 관점을 옮기자 삶의 태도가 바뀌기 시작했다. 나는 하고 싶은 일을 하기 위해 끼니를 잘 챙겨 먹게 됐고, 하고 싶은 일에 더 집중할 수 있도록 운동을 하며 체력을 키우고 있다.

나 한 사람으로 인해 세상이 바뀌지는 않겠지만 나의 세상과 주변은 바뀔 수 있다는 걸 깨달았다. 우리의 시간과 에너지를 외모가 아닌 잘못된 사회를 바꾸는 곳에, 몸과 마음을 건강하게 지킬 수 있는 곳에 사용하면 좋겠다.

그 목소리들이 모여서 좀 더 나은 세상을 만들지도 모른다. 목소리를 내는 것만으로 당신의 삶이 변할지도 모른다. 외모로 고통받는 사람들이 질 수밖에 없는 이 싸움에서 하루라도 빨리 내려올 수 있기를 간절히 바란다.

새로운 계절을 기다리며

라미

나는 죽는 것보다 살찌는 게 더 무서웠다

1판 1쇄 발행 2019년 9월 27일
1판 5쇄 발행 2023년 9월 20일

글·그림 라미
펴 낸 이 신혜경
펴 낸 곳 마음의숲

대 표 권대웅
편 집 최은경
디 자 인 김은아
마 케 팅 노근수

출판등록 2006년 8월 1일(제2006-000159호)
주 소 서울시 마포구 와우산로30길 36 마음의숲빌딩(창전동 6-32, 3층)
전 화 (02) 322-3164~5 **팩스** (02) 322-3166
이 메 일 maumsup@naver.com
인스타그램 @maumsup
용지 월드페이퍼(주) **인쇄·제본** (주)에이치이피

ISBN 979-11-6285-044-2 (03810)

*이 도서의 국립중앙도서관 출판예정도서목록(CIP)은 e-CIP홈페이지(http://www.nl.go.kr/ecip)와
국가자료공동목록시스템(http://www.nl.go.kr/kolisnet)에서 이용하실 수 있습니다.
(CIP제어번호: CIP2019037118)

이 도서는 한국출판문화산업진흥원의 '2019년 우수출판콘텐츠 제작 지원' 사업 선정작입니다.